怪奇之梦

[日] 东野圭吾 著

谢烈睿 译

夢はトリノをかけめぐる

湖南文艺出版社　博集天卷

·长沙·

夢はトリノをかけめぐる

目录
CONTENTS

怪奇之梦 ············ 1

一天清早，我正在窗边晒太阳，大叔用狗尾草逗弄我的鼻尖。
"干吗呀？我已经不是猫了。"我揉着鼻子向他抗议。
"谁让你年纪轻轻的就这么懒散。当你还是只猫的时候，我并不怎么在意，但你现在空有一副人的皮囊却啥都不干，我看着就来气。"

特别附录短篇：
2056 酷林匹克 ············ 231

也许当时没去向黑衣君打听大叔的事情是对的。如果当时问了他，我对大叔的态度可能就会有所改变。
"这个大叔只有二十二年的寿命了，真可怜呐。"
要是这样想的话，就不能再像现在这样心安理得地和他吵架了。
不知不觉中，我发现自己又变回了猫的样子。

在下梦吉,名字是和我同住的大叔取的。

怪奇之梦

一天清早,我正在窗边晒太阳,大叔用狗尾草逗弄我的鼻尖。
"干吗呀?我已经不是猫了。"我揉着鼻子向他抗议。
"谁让你年纪轻轻的就这么懒散。当你还是只猫的时候,我并不怎么在意,但你现在空有一副人的皮囊却啥都不干,我看着就来气。"

1

我是只猫。

聪明如你，肯定会发觉这句话借用了一部非常有名的小说的开头。在那部小说中，接下来的一句是"要说名字嘛，至今还没有"，不过我可是一只有名有姓的猫。

在下梦吉，名字是和我同住的大叔取的。大叔是个作家，靠写作谋生，写的都是一些不太靠谱的小说。平时我们过着互不干涉的生活，这是我们俩的默契。要说例外的话，就是他生病的时候，我会给他做些粥。而这天早上，我却不得不向他求救。

"喂，不得了啦，快过来！"

听到我的声音，大叔从写作的地方赶过来了，顶着乱糟糟的头发，一副睡眼惺忪的模样，可看向我的瞬间，眼睛一下子瞪得溜圆。

"哇，你是谁？"

"是我呀，梦吉。"

"哎，怎么可能，真的是你吗？"大叔紧盯着我，百思不得其解。

"不过话说回来，这个毛衣的花纹看着好眼熟。"

"这不就是我身上皮毛的图案吗。"

"哦，为啥会变成这样呢？"大叔点了点头，说道。

"不知道。一睁开眼睛就变成这副模样了。"

若要问到底发生了什么事情，那就是原本身为猫咪的我变成了人。照镜子一看，我个仅看起来年纪不过二十岁，还是个英俊的小伙子呢。

"哎呀，还真有这样的怪事。"大叔点了一根烟。

一般来说，见到猫变成了人的模样，大家的反应肯定比这要惊奇得多。不过，若是一直在这里磨磨蹭蹭，我们的故事就没法展开了。大叔的反应姑且先描述到这里吧。

"接下来怎么办呐？"

"事已至此，只能这样了呀。不过，难得有这个机会变成人，你就尝试着换种活法嘛。"

"哎，好麻烦呀！我还像以前一样就行啦。"

"你说啥？难道相貌堂堂的年轻小伙子，一天天光想着晒太阳、睡午觉吗？对了，你去打份工吧。车站前面的拉面馆正缺人手呢。"

"拉面我可不行。我的猫舌可怕烫。"

"又不是让你去吃，是端拉面给客人吃。"

"那不得先尝一下味道吗？而且，要是我去赚钱了，大叔你的个税抚养扣除金额可就要减少好多呢。"

"是呀！你说得也有道理。"

大叔随手打开了电视，上面正播放着花样滑冰比赛。看到安藤美姬[1]滑冰的优美舞姿，大叔露出一副色眯眯的神情。

"马上就要到都灵冬奥会了呢。距上届盐湖城冬奥会已经四年了呀。真是太快了。"大叔小声嘟囔着，然后突然猛地一拍大腿，看向了我，"我有一个不错的主意。"

---

[1] 日本花样滑冰运动员。——本书注释均为译者注

"干吗呀，这次又想干吗？"

"你去参加冬奥会吧，夺得金牌来报答我。"

翌日，我和大叔就一起搭乘航班去了札幌。

"我第一次知道冬季奥运会（冬奥会）是在上初中二年级的时候。那时在札幌冬奥会上看到日本跳台滑雪团队包揽了金、银、铜牌，然后我就被跳台滑雪的魅力彻底征服了。"

"啊，我知道。当时参赛的选手有原田雅彦和船木和喜他们对吧。"

"你说的是长野冬奥会吧。札幌冬奥会是在1972年举办的。在那之前，我甚至都不知道还有冬奥会。"

"到现在我都还不太了解冬奥会。估计大部分人都和我差不多吧。与夏季奥运会相比，冬奥会的热度似乎差得远呢。"

"你小子，不用说得这么直白吧。不过，确实如此。很多人都知道卡尔·刘易斯[1]或者谢尔盖·布勃卡[2]这些知名

---

[1] 美国田径运动员，在奥运会和世锦赛上获得过十七枚金牌。
[2] 乌克兰撑竿跳运动员，曾三十五次刷新撑竿跳室内、室外世界纪录，有"空中飞人"之称。

运动员,但若提起比约恩·戴利或马蒂·尼凯宁,恐怕就没多少人知道了。"

"尼凯宁是跳台滑雪项目的选手吧。最近我还看到过关于他的报道,说他因暴力犯罪被逮捕了。"

"当年他在卡尔加里冬奥会上一举夺得了三枚金牌,是芬兰的英雄呢,如今却只在遇到纠纷的时候才会受到关注,可真是……唉!"

"戴利呢?"

"比约恩·戴利是挪威的英雄。他被称为'越野滑雪之王',当年在长野冬奥会上一举夺得三枚金牌,前后共计赢得了八枚冬奥会金牌。实力强得可怕。"

"这些我还真不知道呢。"

"总之,冬奥会在日本根本就不怎么受关注。作为一名冬季运动发烧友,我对此早就颇为不满了,一直都想调查清楚为什么会这样。眼下时机正合适,我们去实地调查一下吧,看看日本人对冬奥会都有什么样的看法。"

"你这口气可真不小,能行吗?且不说这个,你所说的实地调查和让我去参加冬奥会比赛有什么关系吗?"

"就像我刚才说的那样,在日本,冬季运动项目还很冷门。这就意味着拿到冬奥会的参赛入场券比夏季奥运会的要容易得多。我想去证实一下。"

"哼，会那么顺利吗？我可是只猫。"

"就因为你是猫，或许反而会更顺利呢。"

这想法也太乐观了吧。

"不过我可把话先说在前头，我参加冬奥会是为了我自己。这和你说的报答什么的，可完全没有关系。"

"哦，好像到了。"

"你在听我讲吗？喂，大叔！"

到达札幌后，我们驱车前往的目的地是陆上自卫队真驹内驻地的西冈射击场。我问大叔为啥要去这个地方。

"因为那里有某项运动的专业团队。"大叔得意扬扬地回答道。

"专业团队？足球或棒球吗？"

"那些都不是冬季运动项目吧。是'冬战教'啊。"

"冬战教？"

大叔拿出连接着手机的笔记本电脑，打开了一个网站主页。首先映入眼帘的就是标题"冬季战技教育队"，接着就是如下的一段介绍。

怪奇之梦　　　　　　　夢はトリノをかけめぐる

冬季战技教育队（俗称"冬战教"）位于拥有一百八十五万人口的札幌市，由战斗战技教育室（负责"指导在积雪寒冷地区的战斗和战技所需的教育训练"）、调查研究室（进行"积雪寒冷地区部队作战等的调查研究"）、特别体育课程教育室（进行"'现代冬季两项（冬季两项）'等相关的教育训练"）和提供支持的队总部组成，是日本陆上自卫队唯一的冬季项目专业部队。

"哼，那是进行战斗训练的地方吧。"

"差不多吧，不过实际上主要是培养冬奥会选手。尤其是冬季两项，在日本能进行这项训练的，仅此一地。"

"为什么呀？话说回来，冬季两项又是啥？"

"你不知道呀？"

"我好像听说过。"

我话音刚落，大叔顿时眉头紧锁。

"确实啊。和外行人提起来，他们都会问是不是其他形式的铁人三项比赛。冬季运动项目的知名度都不高，冬季两项就是个典型的例子。"

根据冬战教的网站主页介绍，冬季两项就是将越野滑雪和射击结合起来的运动项目。换句话说，需要进行长距离滑雪，同时抽空用步枪进行射击。若是没有射中靶子，就要增加滑行的距离，作为惩罚。

"光是这么想想，我都觉得这个比赛项目实在是太难了。"我不由得说道。

"是吧。而且必须取得资格才能射击，所以参赛选手没几个人也很正常。"

"这样啊，所以只能在冬战教训练了呗。"

"对！"

"哎？喂，难不成你是想让我参加这个比赛吧？"

"没错！"

"我不干！我可不想做这么辛苦的事情。"

"住嘴！都走到这一步了，你就死了这条心吧。而且，参赛选手可是屈指可数，冬战教的成员也只有三十来名。实际上这里就汇聚了日本所有的参赛选手。也就是说你一开始就加入了国家队。怎么样？没有比这更接近奥运赛场的机会了吧。"

"是这样吗？我总感觉被你骗了。"

"你这么想的话正好，就当是被我骗过来的好了。"

车子驶入　段山路，随后在一道戒备森严的大门前停

怪奇之梦

夢はトリノをかけめぐる

下，我们到了。两名自卫队军官守在门口，看板上写着"陆上自卫队冬季战技教育队第一射击场陆地滑雪道"。

穿过大门，眼前是一片广阔的田野。田野之间修了一条沥青跑道，只见一些像是选手模样的年轻人穿着类似溜冰鞋的装备在路上滑行着。

大叔告诉我这就是陆地滑雪。不下雪的时候，他们就是这样进行越野滑雪训练的。他们畅快自如地滑行而过，看着似乎也挺有趣的。

这时，一个神情严肃得有些可怕的男人走了过来，他穿着一身干净利落的自卫队制服。大叔和他说了几句话，然后向我招了招手。

"这位是中村忠先生，他是冬战教的对外宣传负责人，同时负责发掘合适的运动员人选。中村先生，这就是我刚跟您提起的梦吉。"

"你就是梦吉啊。"中村先生开口道，他严肃的神情稍微柔和了一些，"听说你以前是只猫。"

看来他已经知道了事情的原委。我便向他鞠躬行礼，说道："拜托您了。"

"很高兴你有意向参加冬季两项。招募这个项目的选手可真是不容易呀。"

"您这边通常还要发掘一些在上大学或高中时参加过越野滑雪项目的人吧?"大叔问道。

"嗯,我们确实是想选拔一些顶尖的选手,只是他们往往都去了企业代表队,选择继续越野滑雪……现在还是比较难发掘到合适的人选。"

"那物色人选的时候,要怎么说才能让他们动心呢?'很容易获得奥运会的参赛资格哟'之类的吗?"

"也会提到这个,不过首先还是要向他们展现我们良好的训练环境,以及我们在越野滑雪和冬季两项这两个项目上都有参加奥运会的机会。还有就是对他们讲能持枪射击,可以随时练习射击之类的,貌似更有效果。不过,似乎还是不怎么顺利。"

"会遇到哪些问题呢?"

"还是大家对自卫队这个名字有抵触情绪吧,他们不太了解这个组织究竟是什么。那些打算从事某种职业的学生,也不会考虑我们。不过,被发掘后进入冬战教的人,会比普通的入伍者级别还要高。"

中村先生带我们来到了射击场。在陆地滑雪中滑到这里的选手都会端起步枪,摆好姿势迅速开始射击。五十米开外的地方并排摆放着五个黑色的圆形靶子,这就是他们射击的目标。当他们射中时,黑色的靶子就会变成白色的。

"这些选手们明明在越野滑雪中累得气喘吁吁的,却还能如此迅速地开始射击。"大叔赞叹道,"我上学的时候玩过射箭,气息不稳的时候往往很难瞄准。"

"一般在滑行到射击场附近时,人都要慢慢地调整呼吸。但若是男子项目的世界顶级选手,就不需要刻意调整呼吸和脉搏了,一般都是以正常速度滑过来后直接进行射击。速度快的选手可以在三十秒内射中这五个靶子。"

在世界赛场上竞技原来这么厉害呀!

这时一个长相可爱的女选手奋力滑了过来,举起了她的步枪。只见她身姿矫健,英气逼人,我觉得她长得有些像广末凉子。

"她真可爱啊。"我鼓起勇气说道。

"还真是呢。"大叔也笑眯眯地附和道。

"那是目黑香苗,现在是我们最寄予厚望的选手了。她已被内部选定参加都灵冬奥会了。"中村先生告诉我们。

根据中村先生的介绍,目黑选手今年二十七岁,毕业于日本女子体育大学。当然她也是在加入自卫队后才开始进行冬季两项训练的,在此之前她是一名越野滑雪项目的选手。她自2003年开始参加世界杯比赛,上一赛季的最好成绩是第八名。她的速跑能力在世界上能排到第十名左右,所以本赛季她有望冲击奖牌。

"她原来的姓是铃木。"

听到中村先生的话,我们惊诧万分。

"啊?原来的姓?"

"是的,她的丈夫叫目黑宏直,曾在盐湖城冬奥会上代表日本参加了冬季两项比赛。"

原来她已身为人妻了呀。大叔面露失落之色。

目前,除了目黑香苗选手外,男子选手井佐英德也被内部推选为奥运会的参赛选手。现代冬季两项的参赛选手中,男女各有五人(包括一名候补选手),当大叔所写的奇怪的文章刊登在杂志上时,可能人选也已经定得差不多了。

"大家都好厉害啊。我以后也能像他们一样吗?"

"这就要靠训练了。"中村说,"不过你有点驼背。"

"我天生就这样。"

"练习冬季两项,或许能治好你的驼背呐。"

之后，不知大叔是如何办到的，我们有幸得到了一次与目黑香苗选手交流的机会。

我们在房间里相向而坐，这样看目黑选手，我发现她比平时训练的时候更为娇小，或者说她在持枪射击和陆地滑雪时的身姿比平时要高大许多。可能是她对比赛的那份自信也感染到了我们吧。目黑选手说她现在的目标是在都灵冬奥会上赢得一枚奖牌。她看起来真是很有希望呢。

"是什么原因让你决定从越野滑雪转到了冬季两项呢？"大叔问道。

"我在大学三年级时被冬战教的人发现了，他们告诉我，如果加入自卫队，就有机会练习射击，可以转到冬季两项这个项目上。他们还说参加冬季两项比赛的人寥寥无几，所以我更有希望参加奥运会比赛。"

这几句话，倒是和中村先生的话如出一辙。

"当时，射击和参加奥运会，哪个更吸引你呢？"

"对我来说，应该是更想尝试一下射击吧。当时觉得奥运会实在是离我太遥远了。"

"那当你真正开始射击时，感觉如何呢？"

"这个嘛，挺难的。我觉得外国运动员或许是由于从小就接触枪，他们的枪法都很厉害。"

刚好大叔中途离开了，我赶紧偷偷地向她请教起来。

"嗯，他们让我也试试冬季两项。"

"这样啊。加油哟。"

"滑行过来后，就要立即开始射击，肯定十分艰难吧？"

"这个嘛，确实。"目黑面露苦涩地说道，"如果掌控不好自己的节奏，就无法调整呼吸。我刚开始训练时，滑行过来之后根本无法射击，压根连扳机都扣不下去，更别提瞄准了。"

"哎呀，这么难吗？"

"开始比赛前，我就想哪怕再艰难都不能认输，一定要瞄准了再射击，但没想到首先要面对的困难是扣不动扳机——真的好难啊。"

也许是见我有些忧心忡忡，目黑连忙向我摆手道："哎呀，不过射中目标的时候很开心，内心十分畅快。"

"没射中的话，心里会很难受吧？"

"嗯，确实如此。不过要是没射中，接着全力往下滑就好了嘛。"

真的可以想得这么简单吗？

"我以前是只猫,和狗不同,我不擅长长距离奔跑。"

"那你就更适合冬季两项啦。你只要掌握了射击,比起不擅长射击的对手,就不用滑行很长的距离了,还有机会战胜那些跑步能力比你强的对手。"

"哈哈,真是这样吗?"

总觉得自己被她哄骗了,不过我确实相信了她的话。

"嗯,还有个事情不知道可不可以问。"

"没事,你尽管问。"

"就是,你觉得冬季两项究竟有什么魅力呢?"

目黑选手沉思了片刻,随即说道:"确实,这个项目会比较累。或许只有在到达终点的那一刻,你才能体会到它的魅力所在。当你射中目标,顺利滑行,最终到达终点时,你将体会到一种巨大的成就感。我从事这项运动也许就是一直在追寻这种成就感吧。"

"你真厉害。"我四处张望了一下,悄声问道,"目黑选手,你是自卫官吧?对这里没有什么抱怨吗?"

只见目黑也压低了声音,说道:"就是纪律太严格了。连吃饭的时间都是规定好的,没法自由支配时间。然后,还要遵守《枪支保管法》等——因为是法律嘛,人感到约束也是理所当然的。"

"真是太不容易了。"

据目黑选手介绍，冬季两项在欧洲是颇受欢迎的运动，一名选手可能会有好几个粉丝俱乐部，粉丝在比赛中还会为选手拉横幅加油。有些选手就像明星一样。

目黑选手深有感触地说："有时我觉得，正因为身后有这些人为选手呐喊助威，所以他们才很强吧。"

目黑选手随后还有别的事情，便离开了房间。正当我纳闷大叔干什么去了时，另一个身穿训练服的女选手走了进来。

"哎，你是谁？"她问道。

"我是梦吉。"

"啊，你就是那只想要参加冬季两项比赛的猫咪呀。"

"那个，并不是我想参加……"

"我叫曾根田千鹤，请多关照。我训练的项目是越野滑雪。"

"咦，不是冬季两项吗？"

"我刚进入冬战教后不久，曾经参加过为期半年的冬季两项训练。本来个子就很小，还要背着那约四五公斤重的枪。和现在相比，那时候我身上都没什么肌肉，所以经常肩膀酸痛，而枪又那么重，陆地滑雪训练又那么辛苦，意料之中的射击也经常射不中，实在是太讨厌了。"

"你那时很讨厌射击吧？"

"是的。怎么说呢，其实我也不怎么喜欢越野滑雪。"

"咦？"

"我其实想参加田径项目的，像长跑之类的。但学校的田径队没什么实力，所以我为了进行田径训练，就加入了滑雪队。到了冬季我又不得不去参加滑雪训练。在这个过程中，我慢慢地体会到了滑雪的乐趣。后来我的成绩突飞猛进，我也很开心。"

"但是，如果你想参加越野滑雪，也不用非得加入自卫队吧？"

我话音刚落，曾根田选手便提高嗓门答道："对呀！我本来想上大学。我压根就不喜欢自卫队，甚至讨厌'自卫队'这三个字，还要穿绿色的制服，这让我有种说不出的怪异感。当时我就不喜欢这里。但是当初我的高中老师和我父母都说，要是送我去上大学的话，家里就会破产……"

"破产？"

"我参加俱乐部活动花了不少钱，所以老师和父母商量着让我加入自卫队。其实当时有大学联系我，说是可以推荐……不过我花的钱的确太多了，所以现在想想确实当时只能那样了。"说着，曾根田选手哈哈大笑起来。

"大叔……就是和我同住的人，他说他早先就想尝试一下越野滑雪。"

"是那个作家吧。哇，真是个怪人。"

"是吗？"

"因为越野滑雪自始至终都要人在前进中忍受苦和累。我才不会把这项运动推荐给别人。我可没觉得这项运动很有趣。"

"那你为什么还要坚持呢？"

"这个嘛，因为我还没有取得令自己满意的成绩。当我在世锦赛和奥运会的选拔中落选时，我也曾想过放弃，但我觉得如果在这里就放弃了，那么在以后的人生里，每次遇到不顺心的事可能都会习惯性地选择逃避，所以我又坚持下来了。虽然有时也会崩溃，但我把在自卫队训练的这段时间当作自己的低谷期，并下定决心在取得令自己满意的成绩之前绝不会放弃。然后，我就坚持到了现在。"

尽管曾根田选手声称自己讨厌这项运动，她对这项运动的感情却是真挚而火热的。我查了一下她的成绩，发现她自2002年以来曾多次在全日本滑雪锦标赛等国家级大赛中夺冠，是一位实力非凡的选手。

"加油，希望你能拿到奥运会的入场券。"

"谢谢，你也加油呀。"

曾根田选手离开后不久，大叔回来了。

"你去哪儿了？"我问道。

"我去看了一下中村先生的训练场地。设施齐全，应有尽有，实在是太棒了。你可要好好训练啊。"

"那个，我决定再考虑一下。"

"怎么，事到如今你还想打退堂鼓不成？"

"不是的，我只是意识到冬季运动项目那么多，而我却对它们一无所知。还有哪些项目？我想再多了解一些。"

"这样啊，那接下来你准备怎么做？"

"你这么问，我该如何是好？我甚至都不知道还有哪些项目呢。"

"这样呀。"大叔双臂环胸陷入沉思，然后"啪"的一声打了个响指,说道:"好,这次我们去试试那个。"

"那个是哪个?"

"那个就是那个嘛。"

那个究竟是什么,且看后文。

大叔……
就是和我同住的人,
他说他早先就想
尝试一下越野滑雪。

— 2 —

一天清早,我正在窗边晒太阳,大叔用狗尾草逗弄我的鼻尖。

"干吗呀?我已经不是猫了。"我揉着鼻子向他抗议。

"谁让你年纪轻轻的就这么懒散。当你还是只猫的时候,我并不怎么在意,但你现在空有一副人的皮囊却啥都不干,我看着就来气。"

"我只不过稍微歇一会儿嘛。"

"那也不能歇上一整天呐,那件事考虑得如何了?"

"哪件事?"

"你忘了上次的事吗?就是参加冬奥会选拔赛呀。"

"哦，那件事呀。"我慢悠悠地起身。

"你还记得呀？"

"当然了。莫非你想撂挑子？你要是敢放弃参加奥运会，我就让你去拉面馆打工。"

"知道啦，知道啦。我参加还不行吗。那接下来要练什么？"

大叔笑嘻嘻地打开电视和录像机。只见电视屏幕上播放着雪景的画面，漫天飞雪，一名选手滑行着直冲而下，然后腾空而起。解说员激动地尖叫着。

这个视频我好像看过，是长野冬奥会上日本队获得跳台滑雪团体金牌时的场景。

原田、船木等四名选手在雪地上打滚，看起来很开心。这时大叔暂停了视频。

"你来练这个。"

什么？我大吃一惊。

"放过我吧，我可练不了这种吓人的运动。"

"你是猫呀，应该擅长从高处往下跳吧。"

"这是两码事，好吧。要滑下来再腾空而起，光是想想，我都吓得直哆嗦。"

"这才显得更有男子气概,更帅气呀。你还有机会成为明星呢!"

"哎,会吗?"我歪着头说道,"我总觉得就算参加跳台滑雪斩获佳绩,也不会成为明星。"

"好咧,那就证实一下吧。"

我们出门来到了附近的一家咖啡店。店里有个可爱的女店员,名字叫萌奈美,好像才十九岁。

"喂,萌奈美,你还记得长野奥运会的跳台滑雪团体比赛吗?那时候日本队获得了金牌。"大叔笑眯眯地问道。

"记得呀。我父母当时都非常激动呢。"

"你看看,连这孩子都知道那场比赛。"大叔对我说。

"那你能说出来获得金牌的团体成员都有哪些人吗?"我问她。

"肯定知道吧。"大叔刚说完,萌奈美顿时呈现出一脸为难的样子。

"嗯,原田和船木……"

"还有呢,一共有四位选手呢。"我催促道。

她摇了摇头,说:"抱歉,剩下的两个人我想不起来了。"

"哎？是吗？"大叔惊讶地瞪大了眼睛。

"那，你还记得跳台滑雪个人赛吗？"我对萌奈美说，"船木在个人标准台项目上获得了银牌，在个人大跳台项目上夺得了金牌。原田也在个人大跳台项目上斩获了一枚铜牌。"

"是这样吗？"

"你不记得啦。"

"抱歉，我那会儿还是个小学生。"说完，萌奈美就离开了。

大叔双臂环胸。

"即使是夺得金牌的跳台滑雪选手，也只有这么点知名度。冬季运动项目比我想象中的还没有人气呀。嗯，真可谓'历史重新上演'呐。"

"历史？"

"在长野冬奥会之前，跳台滑雪项目也曾风光一时。那是在1972年的札幌冬奥会上。"

"上次你也提起这个了。日本包揽了金、银、铜牌，对吧。"

"在七十米级的跳台滑雪比赛中，也就是我们现在所说的标准台，笠谷幸生夺得了金牌，那场跳台滑雪比赛真是激动人心。笠谷选手原本也有机会在九十米级的比赛中夺金，但第二跳受突然刮起的狂风干扰，最终惜败。"

"真是个了不起的选手啊。"

"最终，日本在札幌冬奥会上仅收获了三枚奖牌。但直到下一届的因斯布鲁克冬奥会，我才意识到这三枚奖牌是多么珍贵。在因斯布鲁克冬奥会上，所有项目都包括在内，日本队选手均没有入围前六名，最终以惨淡的成绩黯然收场。唯一有希望的跳台滑雪项目，最好成绩也仅为七十米级第十六名，九十米级第十七名，由上一届参加该项目的笠谷选手取得。整个日本对此都大失所望，或者不如说是一片消沉。后来尽管冬奥会在札幌举行，但在日本却始终没有引起足够的关注。我认为也有这方面的原因。毕竟，没有人愿意看到令人失望的场面。"

"为什么跳台滑雪项目也没取得好成绩呢？"

"一句话概括，就是选手的新老交替方面出了问题。笠谷幸生曾四次出战冬奥会，确实是一位非常伟大的选手。但这也反映出当时我们根本没有其他合适的运动员人选。笠谷幸生参加因斯布鲁克冬奥会时已经二十二岁了，怎么看

怪奇之梦

夢はトリノをかけめぐる

都已过了个人的巅峰时期。也可能是因为笠谷幸生在札幌冬奥会上的成绩斐然，跳台滑雪界便对选手的新老交替疏忽大意了。然而，日本的跳台滑雪团队并没有一蹶不振。在随后的普莱西德湖冬奥会上，八木弘和选手便斩获了七十米级项目的银牌，秋元正博选手获得了第四名，日本队取得的成绩尚可。问题就出在这之后。"

大叔握紧拳头，"砰"的一声捶在了桌子上。

"在萨拉热窝冬奥会上，后来被人称为'鸟人'的芬兰选手马蒂·尼凯宁和德国的神童选手延斯·韦斯弗洛格[1]相继登场。不出所料，最终尼凯宁赢得了九十米级项目的冠军，韦斯弗洛格赢得了七十米级项目的冠军。至于日本……"

说到这里，大叔沉默了。

"日本怎么样呢？"我催促道。

大叔无力地摇了摇头。

"不行，我已经想不起来了。我记得当时还是在新婚不久的朋友家里看的比赛呢。作为跳台滑雪发烧友，我一直在给大家解说比赛。那次比赛，感觉就是尼凯宁和韦斯弗

---

[1] 德国著名的跳台滑雪运动员，曾多次参加冬奥会和世锦赛。

洛格两人之间的巅峰对决。而日本选手的表现我几乎都没什么印象了,只隐约记得第一跳之后,日本选手就失去了冲击奖牌的资格。嗯,记不清了。"

看着大叔一脸苦闷之色,我决定拿出笔记本电脑上网查一查,然后就找到了萨拉热窝冬奥会中日本队的战绩。

七十米级

长冈胜(第二十二名)、松桥晓(第三十四名)、岛宏大(第四十五名)、八木弘和(第五十五名)

九十米级

八木弘和(第十九名)、松桥晓(第二十名)、长冈胜(第四十三名)、岛宏大(第五十一名)

"(当时的战绩)好像确实和这差不多。"大叔从我身后探头对着电脑说道。

"普莱西德湖冬奥会的银牌得主八木弘和选手四年之后的成绩也是如此惨淡。另一位王牌选手秋元因车祸而不得不退出比赛,也让日本队痛失主力。毕竟秋元也是当时世界级的跳台滑雪选手之一。"

"这是日本跳台滑雪队最低迷的时期吗?"

"这算什么。最低谷时期还没到呢。再查一查接下来的卡尔加里冬奥会吧。"

大叔让我接着查一下。具体战绩如下。

七十米级

佐藤晃(第十一名)、长冈胜(第二十五名)、田尾克史(第五十一名)、田中信一(第五十二名)

九十米级

佐藤晃(第三十三名)、田中信一(第四十七名)、长冈胜(第四十八名)、田尾克史(第五十二名)

"成绩确实很不乐观呐。"我嘟囔道。

"不仅如此,实际上从这届冬奥会开始,跳台滑雪团体赛成为正式比赛项目,可日本队的成绩在十一支参赛队伍中排第十一名,也就是倒数第一。与第一名芬兰队的分差超过160分也就罢了,日本与第十名的美国队之间居然也差了将近30分。真是垫底之耻啊。而且在那一届冬奥会上,芬兰选手马蒂·尼凯宁夺得了两枚个人单项金牌,再加上团体金牌，他取得了史上首次包揽三金的辉煌佳绩。这显得日本队的境遇更加悲惨。当时，还有一位名叫迈克尔·爱德华兹的英国选手来参加比赛。这位大叔好像是个鞋匠，成年后才开始进行跳台滑雪训练。大家亲切地叫他'艾迪'，他在那一届冬奥会上十分受欢迎。尽管艾迪在两场个人赛中都是最后一名，但他在比赛中尽情享受飞跃的姿态充满了个人魅力。而那些因比赛惨败而情绪低迷的日本选手，压根都没有人去关注。"

"真是祸不单行，雪上加霜呀。"

"没错，我当时也十分愤慨，心想就没别的办法了吗？快振作起来啊，日本跳台滑雪队！我也要给他们打打气。"

"你也只是个会写点东西的大叔而已，怎么给人家打气呢？"

"会写点东西也能出一分力呀。我要写一部关于跳台滑雪的小说，讲述一个跳台滑雪天才选手背负日本跳台滑雪界的希望，却被人谋杀的故事。怎么样，挺有意思吧？小说名字就叫《鸟人计划》，由新潮社出版。现在角川文库也有这本书，快推荐给你的朋友吧。"

"给其他出版社的书打广告不太好吧。这部分很可能会被负责的人删掉哟。"

"不要紧,碰碰运气吧。反正我在写这本书的时候做了很多采访。别惊讶哟,我还采访了有史以来在世界杯中夺冠次数最多的日本滑雪选手葛西纪明,他如今三十三岁了,依然活跃在赛场上。当时我采访他时,他还在读高一,他说自己是工藤静香的粉丝。"

"哇,我知道这个人。长野冬奥会结束后,在那场船木和喜选手冲击世界杯总冠军的关键比赛中,他凭借一个惊艳的大跳跃一举夺走了冠军之位,打碎了船木的总冠军之梦。"

"你光记住这样的事了。不过,你说得没错。那次我也只能无奈一笑。就体育精神而言,我觉得葛西选手的做法并没有错……"

"葛西选手没有进入长野冬奥会的团队名单,所以他才会意气用事吧。"

我话音刚落,大叔就打了个响指。

"在这一点上,我和你想的一样。据我这个跳台滑雪发烧友来看,葛西纪明选手虽然有实力,但他在冬奥会上的表现太不尽人意了。这也反映出了日本跳台滑雪界的现状。比如我初次遇到葛西选手是1988年的年末,当时一位来自瑞典的选手参加了在札幌举行的世界杯比赛。这位选手后来改写了跳台滑雪界的历史。"

"还有这么厉害的选手吗？"

"他就是扬·博克洛夫。就连一直所向无敌的马蒂·尼凯宁在飞行距离上也不是他的对手。这个选手的特点是将滑雪板向两侧横向大幅展开。他因这种姿势，人送绰号'蟹钳'。"

"展开滑雪板？莫非是那个……"

"就是你所知的Ｖ字形姿势。根据经验，大多数选手都知道，展开滑雪板可以在距离上飞行得更远，但这样会影响飞行姿态的得分，因此没有人愿意去尝试。博克洛夫却反其道而行之，他认为即使飞行姿态被扣掉几分，也可以用飞行距离来弥补。于是他坚持采用这种方法。最终，他变成了连常胜将军尼凯宁都会忌惮的强劲对手。"

"嗯，那其他选手不会想去模仿他吗？"

"当然，全世界的跳台滑雪相关人员都在关注他。日本的也不例外。我曾向当时的日本队教练小野学先生请教过Ｖ字形姿势的问题。小野教练提到了两个问题，首先是尚不确定是否所有人采用这种方法后飞行距离都能变长，其次就是规则问题。他说,何时修改及如何修改飞行姿态的得分标准,也会直接影响选手们在比赛时所采取的战术方法。当时距离阿尔贝维尔冬奥会还有三年时间,因此很难预测未来的形势。"

"那要怎么办呢?"

"总体来说,就是任由大家自行判断了。尽管不久以后比赛规则会有所调整,V字形姿势也不会被扣分了。但对所有选手来说,并不是只要采用V字形姿势就能赢得比赛。当时V字形姿势尚未形成系统的理论,并非所有选手都能通过展开滑雪板来获取更长的飞行距离。在此之前,也有不少选手用将滑雪板平行于地面飞行的传统姿势赢得了多场比赛,其中就有葛西选手。他的飞行姿态优美,艺术观赏性享誉国际,并且他在比赛中也取得过不俗的成绩,所以他没理由非要改用V字形姿势。直到阿尔贝维尔冬奥会的前一年,他还一直坚称自己会继续选择传统的飞行姿势。"

"听你的意思,后来他还是改变了飞行姿势,对吗?"

听我这么一问,大叔的脸绷得紧紧的。

"任何竞技项目都是如此,绝不能依赖上一届奥运会的成绩,因为在其他国家的选手看来,只要在正式比赛中能取得好成绩就行,他们并不在乎之前的成绩如何。当葛西等擅长传统姿势的选手取得好成绩时,那些暗中伺机转用飞跃式的选手们无视了眼前的成败,纷纷转头尝试V字形飞行姿势。而促成这一局面的正是冬奥会前的世界杯比赛。在赛场上,此前一直成绩平平的选手们凭借V字形飞行姿势不断地赢得比赛。到了最后,想要凭借传统姿势取胜已经越来越难。面对这种情况,就连葛西选手也不得不考虑如何应对。冬奥会已近在眼前,他最终也改用了V字形飞行姿势。然而改变姿势的效果也并非立竿见影,最终他仅拿到了标准台项目第三十一名、大跳台项目第二十六名的成绩。这次大赛真正地预示了V字形时代的到来。年仅十六岁的芬兰选手托尼·涅米宁[1]凭借这种飞行姿势一举成为大跳台项目的金牌得主。芬兰队尽管已有马蒂·尼凯宁这类传统姿势的模范选手,却仍然让选手们积极尝试V字形姿势。但凡日本队早一点采取积极尝试V字形姿势的对策,结果都会不一样吧。不过,也并非所有人都错失了这一先

---

[1] 芬兰跳台滑雪运动员。在1992年阿尔贝维尔冬奥会上,十六岁的涅米宁共赢得两金一铜,是冬奥会史上最年轻的男子金牌运动员。

机，有些选手很早就尝试练习V字形姿势了，其中具有代表性的就是原田雅彦选手。原田选手在大跳台项目比赛中获得了第四名，使日本跳台滑雪界时隔许久再次获得了名次。在原田选手的努力下，日本队在团体赛中挺进了前四强，表现不俗。"

"终于等到了。"我拍手说道，"原田雅彦，我止想着这个名字什么时候会出现呢。"

"我见过原田选手两次，第一次是我为了写《鸟人计划》而进行采访的时候。当时原田选手刚高中毕业，进入雪印乳业株式会社工作。当时他刚从欧洲比赛回来，我只是和他寒暄了几句。坦白讲，当时的原田选手并没有什么亮眼的成绩，还没有充分发挥他的实力。1998年秋天，也就是让全日本都为之沸腾的长野冬奥会结束半年之后，我采访到了正在集训的原田选手。那是我和他的第二次见面，当时他已有一定的威望。我问他为什么会早早地改学V字形姿势，他表示原因很简单——他以传统姿势比赛一直没有取得理想的成绩。如果成绩好一点的话，他可能也会像葛西选手一样犹豫不决，但他本就成绩平平，就算放弃以前的技术也不会觉得可惜。"

"没想到他这自暴自弃式的转型还真成功了呢。"

"也不能说是自暴自弃，原本他就是一个富有挑战精神的选手。现在我们还是回到葛西选手的话题吧，他改用V字形姿势后，随着技术越来越熟练，成绩也一路攀升。实际上在两年后的利勒哈默尔冬奥会上，他在标准台项目中获得了第五名的好成绩。不仅如此，冈部孝信选手也在大跳台项目中获得了第四名。可以说日本跳台滑雪队的选手们完全是满血复活的状态。如此一来，大家开始对团体赛抱有很大的期待。毕竟当时团体赛的情况人尽皆知，我也就不再和你卖关子啦。最终日本队获得了第二名，而且这并不是平平常常的第二名。当时在最后一跳之前，日本队一直遥遥领先，排在第一名，但在最后一跳中，日本队选手却出现了严重失误。最终德国队以大比分逆转比赛优势，夺走了金牌。当时最后一跳的选手就是……"

"原田雅彦选手。在比赛结束后，他双手掩面，蹲坐在那里。"

"那个场景真让人太痛心了，至今我依然记忆深刻。"大叔闭目沉思道。

"我们去问一下萌奈美吧，看看她还记不记得当时的情景。"

大叔仍然闭着眼睛,脸上露出少许迟疑,随即摇了摇头。

"算了吧。那时她应该才七岁,可能对长野冬奥会的记忆都很模糊,我即便问了也只是让自己失望而已。"大叔面露苦涩,继续说起比赛的事情。

"这次比赛中的日本队选手在利勒哈默尔冬奥会上受到了全世界的广泛关注。在这届冬奥会之前,要说最有名气的日本选手,当数北欧两项的选手荻原健司。但在这届冬奥会结束时,原田却成了人人皆知的日本选手。就连日本的报纸上也赫然刊登了《孤注一掷的原田失败了》大字标题的报道。"

"这些细节,你都记得这么清楚呀!"

"因为它们给我留下的印象实在是太深刻了。关于原田选手的失误一跳,当时众说纷纭。其中最引人关注的说法就是,德国队的韦斯弗洛格选手在结果尚未出分晓时就跑去和原田选手握手,还说了一句'恭喜获胜'。大家都在猜测那是德国队给原田选手施压的一种战术策略。当然韦斯弗洛格选手对予以了否认,原田选手也声称与此无关。"

"那当时到底是怎么回事呢？"

"谁知道呢。不过确切地说，原田选手的失败并没有让大家感到太意外。理由有二，首先，跳台滑雪本质上就是一个不确定性因素较多的运动项目。就像笠谷选手在札幌冬奥会九十米级的比赛中受强风影响而突然失速一样，在跳台滑雪比赛中，你永远无法预料会发生什么情况。其次就是，当时的原田选手给人一种发挥不稳定的感觉。他这样的选手有时能在比赛中发挥得十分出色，有时又会在比赛中出现重大失误。人们只记得他在那场团体赛中的表现，没太关注他个人赛的表现，要是看他在利勒哈默尔冬奥会个人赛中的表现就会非常清楚了。在大跳台项目第一轮比赛中，他飞行了一百二十二米，排在第四名。但在第二轮比赛中，他在一百零一米处失速，排在第二十一位，最终仅获得第十三名。在标准台项目比赛中，他第一轮飞行了九十二米，排在第十六名，但第二轮却仅飞行了五十四点五米，排在第五十六名，最终总成绩仅排第五十五名。我注意到了他这种发挥不稳定的倾向，所以尽管日本队在团体赛中排名领先，我还是不敢完全放松下来。当看到原田选手那失败的一跳时，我不禁感叹'哎呀，果然出现了失误啊'。后来我也问过跳台滑雪界的一些人，他们当时和我的感觉是一样的。总之，虽说日本跳台滑雪队'满血复活'了，但尚未完全具备夺冠的实力。"

"那他们是在长野冬奥会上才真正强大起来的吗？"

"对。标志就是新锐选手船木和喜的出现。随着他的亮相，本应成为团体赛王牌选手的葛西未能进入团体赛的名单。虽然我一直支持葛西选手，为此感到很难过。但只有这样，国家队的实力才能变强，所以我还是欣然接受了这一事实。不过，颇为讽刺的是，葛西选手在冬奥会后状态上扬，竟然使得船木选手与世界杯总冠军失之交臂。"

"哦，终于回到我们刚才的话题上了。"

"既然话说回来了，我们继续往下说。从我们在长野冬奥会上的不俗表现就可以看出，日本跳台滑雪队的实力已经处于世界领先水平。然而，就在这届冬奥会结束后不久，比赛规则发生了意想不到的变化。在原本的规则中，滑雪板的长度要求为'不超过身高加八十厘米之和'，在新规则中却调整为'不超过身高的146%'。稍微计算一下就不难发现，如此一来只有身高超过一米七四的选手才能使用与之前长度一样的滑雪板，而低于这一身高的选手，就必须要缩短滑雪板的长度。团体赛的金牌主力队员冈部孝信选手就是由于这个规则的变化，所使用的滑雪板长度要变回和初中时的一样了。"

"哎？居然还有这样的事？为什么要这样调整规则啊？"

"欧洲那边给出的理由中提到，'用飞机做比喻的话，就是不管机体大小，只要机身和机翼的比例不一样，就是不公平的'，可我觉得这理由实在是有些牵强，其真正的意图就是故意为难日益强大的日本队。日本队选手大都身形较小，他们都必须缩短自己的滑雪板长度。那些高个子队员较多的欧洲队却可以加长他们的滑雪板。不用说，肯定是滑雪板越长，飞行距离就越远。"

"什么嘛，真卑鄙呀！"

"其他比赛项目中也有类似的情况。当荻原健司选手在北欧两项的比赛中所向披靡时，比赛规则也发生了改变，变为主要根据越野滑雪项目的成绩确定总成绩的排名。而荻原选手在比赛时就是在跳台滑雪项目中拉大比分差距，进而成功甩掉对手的。"

"难道日本队不能提出异议吗？"

"提了也没用。说到底，日本队也只是少数派。比赛规则改变了，日本选手只能顺应着提高自己的技术水平，除此之外，别无他法。然而在这次规则变化后，日本队并没有迅速做出反应。当他们还在观望规则变化会有何影响时，不出所料，德国队的高个子选手们在比赛中一下子表现得非常活跃。日本队这才着急起来，慌忙制定对策，可也没有想到什么好办法。好不容易想出来的办法也只有为了保持滑雪时的空气浮力而让选手们减重，但这也导致选手们体力严重下降。在盐湖城冬奥会的团体赛上，日本队跌到了第五名。"

"看来打压日本队的规则调整已经见效啦。"

"话虽如此，日本队也不能将比赛的失利完全归咎于规则调整。当时，波兰选手亚当·马维什身高仅一米六九，却在比赛中屡次获胜。这说明只要有技术，仍有很多赢得比赛的机会。总而言之就是日本队应对不力"。

"你净说这种让人丧气的话，我都没有动力啦。"

"好了，别丧气。坦白讲，日本跳台滑雪队在长野冬奥会之后，状态一直比较低迷，不过也并非只有坏消息。从2005年开始的赛季又采用了新的规则，新规则对日本队来说就是有利的。"

"此话怎讲？"

"刚才我讲过日本队一直在努力减重，而欧洲那边的比赛队伍也是如此，因为配上长滑雪板，有助于身形又高又瘦的选手在飞跃时保持浮力。不过，选手的健康问题也随之出现。因此，现在选手的体重如果远低于标准值，就会被要求缩短滑雪板的长度，作为处罚。这样一来，世界各国队伍的实力情况也会随之发生改变。"

"这样的话，日本队就有机会了吗？"

听我这么一说，大叔只是含糊地应了一声。

"哎？还是不行吗？"

"总之，选手的新老交替并不顺利。虽然日本队有伊东大贵选手这样的后起之秀，但在2005年的世界锦标赛上，大家能寄予厚望的仍然是葛西纪明选手。"

我惊讶得差点从椅子上摔下来。

"葛西纪明选手？他居然还在国家队呀！"

"他不仅还在队里，而且仍然是日本队的王牌。"

"啊？"

"所以，我的心情很复杂。我虽然仍希望他能继续为国效力，但一想到他还会参加都灵冬奥会，我甚至觉得跳台滑雪这项运动在日本这个国家就要完了。"

  我不知道该说什么，望向正忙来忙去的萌奈美。我不禁想，若是她被这样问起，又会如何回答呢？

  如果日本没有跳台滑雪选手了，你会做何感想？

  当然，我不能问这样的问题。因为我似乎都能预想到答案，而且不管怎样，我都不能让大叔听到这个答案。

『干吗呀？我已经不是猫了。』我揉着鼻子向他抗议。

3

"那么,就这样。"大叔看着我,"我们出发吧。"

"去哪儿?"我问道。

"你这家伙,刚才我和你说那么多跳台滑雪的事了。现在我说出发,你应该知道要去哪里吧。"

"喂,你该不会真的要让我去练跳台滑雪吧?"

"那还用说吗,当然是真的。快,别磨蹭啦。"

大叔抓着我的脖子,使劲地拽着。

"好疼,疼啊,喂,大叔。放开我,你要一直把我当作猫吗?"

"你要不喜欢这样,那就努力成为有名的跳台滑雪选手，赢一块金牌来报答我。"

"不是说过吗，我可不欠你什么。"

在争执之中，我还是被强行带上了车。车子在首都高速公路上一路飞驰，不一会儿就驶向了中央公路方向。

看起来像是驶向长野方向。我知道白马有一个长野冬奥会期间使用过的跳台。

然而，汽车并没有驶入中央公路，而是在前面一个叫"调布[1]"的出口驶出了高速公路。

"哎？这是去哪儿？我们不是要去长野吗？"

"谁说要去长野啦？"

"但我们肯定得去一个有跳台的地方吧。"

然后，大叔"啧啧啧"地咂了几下舌，摇晃着食指，像摇摆的雨刷一样。

"所以说外行人真让人头疼。你以为现在让你直接上跳台你就能跳吗？首先你得进行训练吧。"

"你说得没错。但在这个地方下高速，到底要去哪里训练呢？"

---

1 位于东京都多摩地区东部的城市。

"当然是去跳台滑雪运动少年团啦。日本有名的跳台滑雪选手,无一例外都来自各地的跳台滑雪运动少年团。"

"那是啥?听起来和少年侦探团似的。"

"就是跳台滑雪运动少年团呀,就像棒球里的少年棒球联盟一样。规模最大的是札幌跳台滑雪运动少年团,它成立于札幌冬奥会后的第二年。当时正值日本队刚刚包揽金、银、铜牌,因此很多人都想申请入团。据说团员人数一度超过了一百二十人。此外还有葛西纪明和冈部孝信曾待过的下川跳台滑雪运动少年团,秋田县的鹿角也有。刚才我稍微查了一下,好像富山和岐阜也有跳台滑雪运动少年团,还有一些意想不到的地方也都有。"

"哦,原来培养少年跳台滑雪选手的体系还挺完善的呀。"

"不过还是缺少最关键的团员呀!虽然刚才讲到札幌跳台滑雪运动少年团的团员人数一度超过了一百二十人,但如今的少年团团员人数能维持在两位数就实属不易了,好像只有札幌的团员人数超过了十人,大部分的团只有两三名团员。"

"真的吗?要是这样还能称为'少年团'吗?"

"是真的啊！与札幌冬奥会结束后的情形差不多，在长野冬奥会结束后不久，申请入团的人数也是不断激增。然而在此后长达七年的时间里，日本队一直处于低迷状态，也导致跳台滑雪项目的人气再次下滑。"

"哎呀，稍不注意，人气马上就会下滑呀！"

"因为成绩不住就不会受到媒体的关注。以往每到冬季，举行全国跳台滑雪比赛时电视上都会转播，可如今几乎都没有了。这项运动已经完全不能吸引大家的目光了。"

"不光不吸引人，还这么危险、吓人，肯定要敬而远之啦。"说着我伸了个懒腰，看向车外继续说道，"好吧，我知道现在要去少年团了，可你还没有回答我的问题呢。要从这个地方去哪个少年团呀？该不会是为了节省高速通行费，在普通公路上开几百公里过去吧？"

"别担心啦。马上就到了。"

果然如大叔所言，不一会儿车子就在一个极其普通的街区停下了。旁边有一个很大的住宅区，可我没有看到跳台。想想也是，这里怎么可能有嘛。

过了一会儿，一个小个子少年跑了过来，身上还穿着训练服。

大叔和他打了个招呼。少年名叫内藤智文，虽然个子不高，但好像已经是个初中生了。

"这就是和我住在一起的梦吉。之前是只猫，但出了一些状况，现在变成了这个样子。"大叔向他介绍道。

"哦！"智文君一脸好奇地望着我，随即又露出了笑容，"欢迎来到调布跳台滑雪运动少年团。"

"哎？"我惊奇地向后仰，弓着的背都一下子挺直了，"东京也有跳台滑雪运动少年团吗？"

"所以我刚才不是说了吗，一些意想不到的地方也会有。"大叔得意地笑了。

智文君带我们来到了住宅区的集会室。他的哥哥和大君及他们的父母都出来迎接我们。

"那还得从长野冬奥会说起。"他们的父亲内藤茂先生开口说道，"我非常喜欢跳台滑雪。终于要在日本举办冬奥会了，我非常想去看跳台滑雪比赛，于是一大早便去排队买了票。"

"您为什么这么喜欢跳台滑雪呢？"大叔问道。

"这个嘛，还得从札幌冬奥会说起。当时笠谷幸生、金野昭次、青地清二三人包揽了金、银、铜牌，我大为震撼。

总之,那时的心情实在是激动极了。"

哎呀,又是这个话题。

"这样呀。其实我当时也激动坏了。"不出所料,大叔的眼睛一下子亮了起来。

"拜读您的《鸟人计划》时,我就猜想您的心情是不是也和我的一样。其实,我和东野先生您同岁呢。"

"啊,是吗?那真是太巧了。是啊,札幌冬奥会可真是让人太感动了。"

之后,内藤先生和大叔就滔滔不绝地聊起了札幌冬奥会。我奉劝所有年轻人一句:千万不要在昭和三十年代(20世纪50年代)出生的中年男人面前谈论札幌冬奥会。

热络地聊了一阵子后,内藤先生的话题终于回到了长野冬奥会。据他说,全家人当时一起观看了日本队夺冠的比赛,由此就想让还在上小学三年级的长子和大君去练跳台滑雪。随后,他们去看了中小学生夏季跳台滑雪比赛,并在那里认识了一个少年。少年告诉他们跳台滑雪项目从三年级开始训练也不晚,并邀请他们到自己的家乡北海道下川町。

一般事情发展到这里,可能就到此为止了。但这家人让人佩服之处就是，他们第二年冬天真的去了下川町。内藤先生还提前写信给下川町教育委员会，询问他们是否可以体验跳台滑雪，可见他们确实在极其认真地考虑让孩子练跳台滑雪这件事。顺便说一下，内藤先生是一名教师，不然他也不会想起来给教育委员会写信。

在下川町体验跳台滑雪的和大君和智文君还匆忙参加了当时举办的比赛。当地电视台录下了这次比赛的全过程，因而我们有幸看到了比赛的录像。当时智文君还是幼儿园的小朋友，他的飞跃姿势非常可爱。

此后两人就开始朝"成为一流跳台滑雪选手"的目标努力训练着……

"可在东京的话，他们没法进行训练吧？"大叔问出了我的疑惑。

"当然，训练很不容易，若要进行实地的跳台滑雪训练，只能利用假期去新潟和长野。现在很多地方都有跳台，夏季跳台也有很多，所以他们的训练并不比其他少年团的孩子的少。此外，我们还会让他们参加其他少年团的集训。在家里进行训练的话，目前我们仍在不断地尝试摸索中。"

"那都做哪些训练呢？这家伙也行吗？"大叔看向我

说道。

"唔，不太好说。总之，你们可以去看一下。"

我们跟在内藤先生身后，他告诉我们，集会室旁边的公园就是他们的训练场。

我看到从大楼入口到公园的路上有一个几米长的缓坡。旁边放着一些底部装有脚轮的板，看起来像是加宽的滑板。

然后，智文君给我示范了一下。他首先踏在滑板上，摆出跳台滑雪选手准备滑行的姿势。内藤先生从他背后推了一下，滑板便开始慢慢滑动。缓坡的一端放着几张摞在一起的床垫。当他快到那里时，智文君顺势用力一跳，整个人正好落在床垫上。

"这些都是我做的。"内藤先生手拿滑板，有些得意地说，"床垫是别人给的，这些都是废品再利用。"

"稍微动脑筋琢磨一下的话，就不需要买昂贵的训练器材了。"大叔点头说道。说这话恐怕是因为他自己也用废旧物品制作过滑雪器材吧。不过说实话，我并没有觉得他的技术水平有啥提升。

"直到现在我们才得到邻居们的理解和帮助，而在此之前，他们总是用奇怪的目光打量我们。有时我们还会听到

'那一家人到底在公园里折腾什么呢'之类的质疑声。"

听到内藤先生的话,我心想:恐怕确实如此吧。

趁着大叔和内藤先生说话的工夫,我也和兄弟俩攀谈起来。

"哎,跳台滑雪有意思吗?不害怕吗?"

"一开始很害怕,不过现在我会更多地感到心情舒畅。自己表现得好,就会很开心。"和大君回答道。

"你未来的梦想是什么呀?"

"参加全国体育大会。"和大君有些害羞地回答道。

或许是听到了他的话,内藤先生惊讶地看向我们。

"喂,真的吗?你真要参加吗?"

"那当然。我之前就说过了呀。"

"嗯,挺好的。那就加油吧。"

内藤先生虽然表现出一副不以为意的样子,但眼中流露出了满满的喜悦。

和大君还没有属于自己的滑雪板,但不久前下川跳台滑雪少年团给他寄来了一块。而这块竟然是获得长野冬奥会团体金牌的冈部孝信选手曾使用过的。

"我很期待带着它在比赛中大显身手。"和大君说,他的眼睛里闪耀着光芒。

从调布回来的第二天,大叔一脚踢在我的屁股上,把我踹醒了。

"你还要睡到什么时候?快点,该训练了。"

"什么训练?哎哟,疼死了,不是说过吗,别总掐我脖子。"

大叔把我带到了公寓外面。从那里到前面的路之间有一个长长的斜坡。这个坡不仅陡,还弯弯曲曲的。一看到放在那儿的手推车,我就有种不祥的预感。

"来吧,快上去。"

"上去干吗?"

"别啰唆了,快上去!"

"等等,你该不会想让我从这个斜坡上滑下去吧?"

"正有此意。快点上去!"说着,大叔又掐住我的脖子,把我拎到手推车上,突然踹了一脚,手推车便飞快地动了起来。

"哇!"

"弯腰,准备,摆好滑行姿势,向前看!"

大叔大声嚷嚷着,但现在哪还顾得上听他说什么。失控的手推车跌跌撞撞地冲向了马路，我实在不堪忍受，当即跳了下来。

"啊，笨蛋，起跳点还离得远呢。"

大叔话音刚落，手推车便猛地弹跳着冲出了路面。这时一辆卡车正好路过，幸好及时刹车停住了，逃过一劫。最后，手推车撞到了对面的墙壁，零件散落了一地。

"喂，呆子。你们在胡闹什么？"驾驶卡车的司机大叔怒吼道。

看到大叔慌忙逃走的样子，我也撒腿就跑。

"还是别练跳台滑雪了。"回到房间后，大叔说，"就算现在开始训练，也不知道什么时候才能参加冬奥会。我们还是选个更容易进冬奥会的项目吧。"

"还得要更安全才行。"我说，"像现在这样，不管有几条命都不够折腾的。"

我随手翻阅起一本介绍冬奥会的专题杂志，在看到其中一页时，我停了下来。

"这个怎么样？既安全，看着也不会太难。"

"什么项目？"

"冰壶。"

"呃，冰壶呀。"说着，他脸色变了变，"那个还是算了吧。"

"为什么啊？"刚说完，我突然想到了什么。"哈哈，你还对那起事故耿耿于怀呐。"

"没有。"

"哈哈，别装傻了。我都理解，毕竟那段经历不怎么光彩呢。"

"不是说了吗，我没有。你可真烦啊！"

"那你为什么不让我玩冰壶？要参加冬奥会的人是我，所以该由我决定吧？"

"好吧，不过，你自己一个人去冰壶场吧，我就待在家里。"

"你在逃避吗？"

"没有，我只是工作有些忙而已。既然你决定了，那就快去准备吧。我去和东京冰壶协会打个招呼。"

我就像被赶出来一样匆匆离开了家。我要去的地方是神宫的溜冰场。听说那里有一所冰壶训练学校。

大叔对冰壶敬而远之是有原因的。几年前，他为了赶时髦，尝试了一下冰壶，结果意外受了重伤。据当时在场的人说,他是自己摔倒在冰上的。他回来时的样子,真是把我吓了一大跳。他脸上缠着绷带,鼻子也肿得老高。听说他眉毛上缝了二十五针,门牙从牙根处断了,鼻子也摔歪了,那情形简直触目惊心。最糟糕的是,受伤三天后正好赶上电影《g@me.》的开机宣传会。尽管大叔用胶布遮住了脸上缝合的伤口,但那副样子还是让藤木直人和仲间由纪惠大吃一惊。这段故事收录在散文集《ちゃれんじ?》(实业之日本社出版;中文版书名为《挑战》)中,有兴趣的朋友不妨一读。

我到神宫的溜冰场后,冰壶课已经开始了。东京冰壶协会秘书长仓本宪男先生接待了我。

"你就是梦吉呀。我听说过你的事情,很高兴见到你。"

"抱歉,上次大叔给你们添麻烦了。"

"哪里哪里,算不上什么麻烦。"

我马上就尝试着在冰面上站立。一只脚上穿着像拖鞋一样的东西,鞋底十分光滑,那感觉真奇妙。当我投掷冰壶时,我需要蹲下身子用另一只脚蹬,让底部光滑的拖鞋滑动,然后慢慢松开冰壶。这看似简单,实际尝试过我才知道非常难。大多数时候,我一松开冰壶就会失去平衡,人仰马翻。我似乎不应该把身体的重心放在冰壶上。

"大叔就是在这里受伤的吗？"

"不，不是在这里，是在练习刷冰面的时候。"

"刷冰面？"

"就是用刷子不断地摩擦冰面。"

"啊，我在电视上看到过。我还以为当时是在为比赛清理赛道呢。"

"实际上，比赛时需要在冰面上喷洒小水滴，水滴结冰后会形成有些凹凸不平的点状冰面。如此一来，冰壶与冰面的摩擦会变小，就可以在冰面上滑动了。而用冰刷擦刷冰面使凹凸不平的冰点融化，形成一层水膜，冰壶自然就更容易滑动了，这样还能减少冰壶滑动时的偏移。因此我们可以使用冰刷来调整冰壶的走向和速度。"

"这样啊，原来不是为了清洁呀。但这怎么会让大叔伤得这么重呢？"

"他好像是在练习的时候滑倒了，一下子摔到了头。所以，现在初学者的课已经不会安排刷冰面的练习了。"

在溜冰场上，东京冰壶俱乐部的成员们正在练习。看到这一幕，我向仑本先生问道："老实说，我没有想到练冰壶的人有这么多,那他们当初为什么想要练冰壶呢?"

"原因有很多,不过确实是在长野冬奥会之后,加入俱乐部的人明显变多了。那你又是为何想要练冰壶呢?"

"这个嘛……老实说,是因为我觉得练冰壶更容易获得参加冬奥会的机会。"听到这,仓本先生用力地点了点头。

"是呀。目前加入俱乐部的人,大部分都是这样想的。说起来,我也是其中一个呢。"

"哎,真的吗?"

"我们一群朋友一起开始练冰壶的时候,这项运动还不怎么知名。我以为这样就能参加冬奥会了。可当我踊跃地去报名时,选拔工作都已经结束了。"仓本先生笑着说道。

在训练结束后,我与俱乐部的成员们攀谈起来。这里的成员形形色色,有大学生、办公室白领,甚至还有女高中生。

询问完他们学习冰壶的原因后,我发现果真大家都是在看了长野冬奥会中这项运动的比赛后,觉得自己好像也能做到,便开始学习冰壶的,甚至不少人梦想着自己能够参加冬奥会。

东京大学的小A是俱乐部中训练最积极的人。到了冬天，他就和队友们一起去集训。每逢假期，他都会开车到长野，抓紧机会训练。他最发愁的还是钱，为了省钱，他有时会睡在车里。在这方面，他与那些热衷于双板滑雪或单板滑雪的年轻人如出一辙。

当被问及对参赛人数有什么看法时，他回答道："目前从事这项运动的，全国只有大约三千人，所以如果你参加了一两年的比赛，对所有选手就能认识个七七八八了。这也挺有意思的，但我觉得人数还是太少了。"

"不过人数少的话，你进入冬奥会的概率不就更大了吗？"

此时一边的办公室白领B插话道："确实如此。不过正因为人数少，像我们这种水平的人也可以经常和冬奥会的预备选手们进行比赛。这样我们就真切地感受到了与他们在实力上的差距。一开始我也是觉得从事这项运动的人少，我能更容易参加冬奥会，但事实是这种想法太天真了。"

"那你们不介意练冰壶的人变多吗？练冰壶的人多了，竞争可是会变得更激烈呢。"

听到我的问题后，他们都表示：当然不介意。

女高中生 C 这样说道，"我希望冰壶运动能更加普及。因为组一支队伍需要四个人呢，可当我邀请朋友加入时，他们的反应却是'冰壶？那是什么？'"

和大家聊天时，我发现他们似乎都非常喜欢冰壶，并享受比赛带来的乐趣。冰壶运动到底有什么魅力，让他们如此喜欢呢？

"当团队的所有人都绞尽脑汁地出谋划策，比赛完全按照预想的方案顺利进行时，真的让人非常开心呢。这种感觉在个人比赛项目中是体会不到的。"说这番话的人是小 D，他是小 A 的队友。其他人也纷纷点头表示赞同。

"我也行吗？"

当我这么一问，他们齐声答道："一定要试试。"

但是还有一个问题。正如 C 所说，一个团队需要四个队员。即便我叫来我的两只猫朋友，那不是还缺一个人吗？

那就只有叫来大叔了。可是，说服他似乎不太容易。

这就是和我住在一起的梦吉。
之前是只猫,
但出了一些状况,
现在变成了这个样子。

― 4 ―

恍惚之间，都灵冬奥会就要开始了。大叔似乎终于放弃了让我参加冬奥会这个愚蠢的想法。

"不，我还没放弃呢。"大叔突然出现，像门神似的，一脸严肃地伫立在那儿。"事已至此，我们现在就去都灵，现场争取参加比赛的资格吧。"

我大吃一惊。"还能这样？不行吧？"

"像电影《冰上轻驰》里，牙买加队在自己没有雪橇的情况下，还进入了卡尔加里冬奥会现场，并成功参加了比赛呢。"

"那是电影里的情节呀！"

"但也是基于真实故事改编的吧。如此说来，我还没考虑雪橇项目呢。"他双臂环胸，低头看着我。"有舵雪橇、无舵雪橇，还有俯式冰橇。行了，你都试试吧。"

像以前一样，大叔一拍脑门就做了决定，我又被他带上了飞机，再次来到了札幌。下了飞机之后，大叔进了一家商务酒店。

"你来这里干吗？"我问道。

"首先，我得了解一下比赛项目。让我们请教一下专家。"

一个身材健硕的男人在酒店大堂等着我们。他的名片上印着北海道雪橇联盟的名字，看起来他好像是那里的干事。

"我想让他来练雪橇项目，怎么样？"大叔指着我说。

这名干事目不转睛地盯着我，然后点了点头。

"谁都可以。雪橇是一项既安全又有趣的运动。"

"嗯，我知道雪橇项目分为有舵雪橇和无舵雪橇，还有新增加的俯式冰橇。"

"那不是新增加的项目，是恢复的比赛项目。它原本就属于冬季运动，在第二届和第五届冬奥会上都是正式比赛项目。而无舵雪橇在1964年举办的第九届因斯布鲁克冬奥会上才成为正式的比赛项目。所以应该说，俯式冰橇的历史更悠久。"

"哎，原来是这样呀。"大叔惊讶地说。

我也感到很惊讶。如此惊险的运动项目居然这么早就成了正式比赛项目，过去的人可真勇敢呐。

"那有舵雪橇呢？"大叔问道。

"有舵雪橇是冬奥会比赛项目中历史最悠久的，从第一届冬奥会开始就成了正式比赛项目。不过，无舵雪橇和俯式冰橇原本是从孩子们玩耍的雪橇游戏发展而来的，而与此相比，有舵雪橇从一开始就是一项竞速比赛项目，这几个项目的历史背景稍有不同。而联盟在过去也是分开的，只不过后来规模都越来越小，于是就合并在一起了。"

"从事这项运动的人还是太少了呀。"

听到大叔的话，这名干事皱起了眉头。

"雪橇项目原本就是一项简单而轻松的大众运动，但随着竞技性的提高，反而变成了一项小众运动。真是讽刺啊。"

"您的意思是？"

"有舵雪橇原本是一项利用自然地形的竞技项目。但自从变成在人工滑道上进行后，就失去了本色。比如说为了让雪面冻得结实，滑道上不再用雪，而几乎都用冰去铺建。"

"有舵雪橇可是'冰上F1'呐。"

"过去的雪橇是用钢铁制成的，而现在普遍改用强化塑料和碳纤维的材质。为了减少空气阻力，雪橇的形状设计也是不断推陈出新，结果现在一辆雪橇的价格动辄高达数百万日元，有舵雪橇已经不再是人人都能参加得起的运动了。日本队参加世界杯比赛，由于运输费用高昂，转战欧洲比赛的雪橇都寄存在了德国；在美洲比赛时，就向当地的雪橇队借用雪橇。"

"确实如此呀！"大叔嘟囔道。

我又想起了《冰上轻驰》中的情景，牙买加队在参加卡尔加里冬奥会之后，使用的都是其他国家给他们的旧雪橇。

干事眉头紧锁，继续说道："还有设备的问题。总之，就是训练场地太少了。不仅是日本，整个亚洲放眼望去，也仅有长野Spiral公园这一条有舵雪橇赛道。此外，札幌还保留着一条无舵雪橇赛道。总之，无论如何都要保住它们。"

"哎呀,原来如此。这样的话,想要增加雪橇项目的参赛人数可不容易啊。"

"有舵雪橇暂且不论,就像刚才所说的,无舵雪橇原本就是一个有趣的雪橇游戏项目,因为不需要专门的赛道,可以利用天然的斜坡进行运动和比赛。我们希望大家能了解到这一点。另外,我们还准备举办面向媒体的比赛,届时请你们一定也来参加。"

"这样的话,参加冬奥会也就不再是异想天开了,对吗?"大叔确认道。

"当然。参赛人数不多,所以与其他竞技项目相比,雪橇项目能更容易一些吧。"

听完了大概的情况,大叔去结账了。我决定悄悄地问问那位干事。

"嗯,我听说现在您想让不同项目的选手来尝试有舵雪橇项目,进而组建一支强大的日本队。"

"是有这么回事。要是田径项目或美式橄榄球选手能同时参加雪橇项目,就好了。"

"听说链球项目的室伏选手也被邀请尝试过雪橇项

目呢。"

"他很久之前参加过一次。室伏选手能力非常出众。不过，他如今在链球项目上也是金牌得主啦。"

"有舵雪橇和无舵雪橇项目的人气是不是不高呀？"

被我这么一问，他的表情有些惆怅。

"还是知名度的问题吧。电影《冰上轻驰》首映的时候，雪橇项目的知名度有些提升，但之后就没有什么起色了。所以老实说，我还是将希望寄托在媒体上。"

"媒体吗？"

"比如说要是木村拓哉拍一部关于有舵雪橇或无舵雪橇项目的电视剧，雪橇项目的人气可能就会飙升。他不是拍过一部关于冰球的电视剧吗？听说受电视剧的影响，开始打冰球的人一下子多起来了。"

"但要拍电视剧，首先得有故事呀。"

"所以，要是东野先生能帮我们写出这样的故事就好了。"

"哈哈哈……"

我答应他会将这话转告给大叔。

告别干事之后，我把这件事告诉了大叔。结果，大叔一脸不情愿的样子。

"关于雪橇的小说吗？我倒是可以写，不过我想在拍成电视剧之前，大概没有出版社愿意出版它吧。"

这说得也太直白了吧。

"先不说这个了。现在看来，雪橇项目的确是最容易让人们参加冬奥会的项目，你就去尝试一下吧。"大叔说着又抓住了我的脖子。

"疼死啦。我不是说过吗，不要抓我脖子。要去哪儿呀？"

"想带你在真正的赛道上滑一次，可我看你这水平还是算了吧，所以我们先去模拟体验一下！"

于是，我们乘坐出租车来到了大仓山跳台滑雪场，跳台旁边的建筑就是"札幌冬季运动博物馆"。大叔径直走了进去。

博物馆里陈列着各种冬季运动项目的模拟体验设备，甚至还有跳台滑雪模拟器。本来我都已经放弃这个项目了，但机会难得，大叔让我尝试一下。

当我戴上特制的眼镜时，眼前就出现了一个虚拟的跳台，我还能听到观众们的呐喊助威声，以及实况播报的声音。我在心里感叹着：哎呀，这太棒了。就在这时，模拟体验就开始了。我正以极快的速度靠近起跳点，在迟疑间，起跳已经晚了。我感觉自己就像在空中飞翔一样，着陆点近在眼前，最后我勉强完成了一个屈膝回转的动作，才落在地面上。

结束后，我去外面等待成绩，谁知我的飞行距离仅有七十米。这是大跳台项目，一般飞行距离有一百米才对。

"哎呀，这飞行距离真是短得可怜！你果然不适合跳台滑雪。"

"你还说我，你自己也只有九十米多一点点而已吧。"

"我无所谓啊。我的目标又不是参加冬奥会。"

接着，我还模拟体验了越野滑雪和冬季两项的项目。

结果在越野滑雪项目中，我输给了不知从哪里来的小学生，在冬季两项项目中，我的射击全部都脱靶了。哪个都很难呐。

最后，我模拟体验了有舵雪橇项目。我面前有一块屏幕，只见屏幕上的景物飞驰而过，就好像我真的在滑行一样，我乘坐的雪橇也随眼前的景色变换而摇晃起来。

我原以为这只不过是个简单的玩具，可实际体验下来却发现模拟效果的冲击感太强了。我吓得中途就狼狈地逃了出来。

"喂，你怎么从模拟器上下来了？"

"不行啦，我受不了这个。"

"为什么？"

"我有些晕，猫不擅长乘坐这些。"

"什么吗？真没用。这个都不行的话，那你还能练哪个呀？"

"得了。放弃算了。也没什么关系吧，反正冬奥会也火不起来。"

我这句话惹得大叔扬眉反驳道："什么？火不起来？你都不读报纸，不看新闻吗？现在铺天盖地报道的可都是都灵冬奥会。"

"哎？是吗？都是些抗震、造假问题和堀江贵文的经济犯罪事件的报道吧，都灵奥运会只是顺道提了一下而已。"

"你说什么？电视上可每天都能看到花滑（花样滑冰）的安藤美姬选手呐。"

"那倒是，不过那也是电视台为了冬奥会节目的收视率提前做的宣传吧？实际可能是他们也觉得这届的冬奥会情况不容乐观吧。"

"你说啥？什么叫不容乐观？"

"就是说,"我环顾四周,悄声说道,"他们也不觉得日本队在这届冬奥会上能获得多少奖牌吧。据美国体育信息杂志的预测,日本这次有望获得奖牌的选手也就是速滑(速度滑冰)项目的加藤条治和花滑项目的荒川静香了,而且还都是铜牌。"

本以为我的话会惹得大叔火冒三丈,可他却一脸被戳到痛处的表情。

"原来美国的预测也是这样的,还真是挺准的呢。"

"哎?大叔也是这样预测的吗?"

"我还抱有更多的期望。我觉得单板滑雪女子 U 型场地技巧项目也有希望夺得奖牌,还有其他雪上技巧项目。"

"就算这两个项目赢得一两枚奖牌,总数也还不够五枚吧。这根本没法让大家为了冬奥会而激动兴奋起来吧。"

"奖牌并不能代表一切。真正的体育运动中,即使有些选手没有获胜,也会让人产生情感共鸣。"

"不是这样吧。我觉得最终还是要看有没有得到奖牌,确实即使失败了他们的精神也会让人感动,可前提是得有人关注呐。对于那些大众既不关心也没看过的比赛项目,无论比赛中出现了多么戏剧性的情况,日本人都会无动于衷吧。更何况，他们根本就不了解比赛项目。"

"你的意思是日本人对都灵冬奥会也不太关注吗？"

"至少他们并不像大叔你期望中的那么关注吧。即使去问我的那些猫朋友，我也完全没听过它们对冬奥会有多么激动。"

"嗯……"大叔沉吟着，拿出了笔记本电脑。

"你想干吗？"我问道。

"查一下都灵冬奥会的关注度。哦，找到了。"

只见大叔一直盯着电脑屏幕，转眼间脸色变得凝重起来。

"结果不太好吧。"

"根据某网络调研公司的调查结果，我国大约有百分之七十的人关注都灵冬奥会。"

"百分之七十？没想到还挺多的。"

"不过其中百分之五十二的人都表示只是'稍微有些关注'，而表示'非常关注'的仅有百分之十八。从年龄上看，关注冬奥会的人，十来岁的占百分之五十九,二十多岁的占百分之六十七,三四十岁的占百分之七十三,五十多岁的占百分之七十五。总之，关注度随着年龄的递增而上升。反过来说就是，年轻一代都不怎么关注都灵冬奥会。说到底，这些人还是因为记得札幌冬奥会和长野冬奥会才去关注的。十来岁的人，恐怕根本就不记得长野冬奥会。"

"要是再去调查一下日本人对足球世界杯的关注度，结果又会是怎样的呢？恐怕和都灵冬奥会的完全不同吧。"

"说起日本足球队的实力，也就是在预选赛中能勉强出线吧。可即便如此，足球世界杯却能受到全日本的关注。"

"谁让足球是一项家喻户晓且深受大众喜爱的体育运动呢。"

"或许是这样吧。从我目前收集到的情况来看，冬季运动项目的知名度很低，低得让人难以置信。就说冰壶运动吧，大家都不了解比赛规则。有舵雪橇和无舵雪橇呢，一般人又知之甚少。至于冬季两项，恐怕大多数人都不知道这是个什么样的运动项目。在冬奥会的比赛里，像这样不为大众所熟知的项目比比皆是。根据刚才那个网络调研公司的调查结果，冬奥会比赛项目中，最受大众关注的是花样滑冰，位居第二的是跳台滑雪，排在第三位的是速滑。确实这些都是大众比较容易看懂的项目。"说完，大叔像是想到了什么似的，突然瞪大了眼睛。

"嘿，我怎么把这么重要的项目给忘了呐。"

"哪个？"

"高山滑雪呀！这个项目可是冬奥会的'当家花旦'呐。连这个项目都没人关注吗？"

这个嘛……我左思右想，也不知道该说什么。

"高山滑雪，我连想都没想过。"

"你说什么？我现在正在写的小说《フェイク[1]》里的主人公就是一名高山滑雪选手呀。你怎么可能没想过？行了，我现在就挨个问问我认识的人，看一下高山滑雪项目的关注度如何。"

大叔当场就写起了邮件。内容大概是这样的：

"我想做一项关于都灵冬奥会的紧急调查。请写一下你对高山滑雪项目的了解情况，什么内容都可以。你也可以写一下对都灵冬奥会的期待。"

"哎呀，会得到什么样的结果呢。"坐在笔记本电脑前，大叔双臂环胸地说道。

回到东京后，我们陆续收到了好几封回复邮件。大叔

---

[1] 意为伪装。是东野圭吾在《小说宝石》杂志上连载的小说，在出版时更名为《カッコウの卵は誰のもの》，中文版书名是《布谷鸟的蛋》。

粗略地浏览了一遍，不过明眼人一看便知，他的情绪显然越来越低落。

"结果让你很失望吧。"我在一旁说道。

大叔颓废地低下了头。

"比想象中……不，应该说比我的心理预期还糟糕。"

"都写了些什么？"

"说起来，几乎没有人真正了解高山滑雪这项运动。当然，像是选手在比赛时需要滑行穿过旗门、以速度取胜这样的常识，他们还是知道的。但是很多人都表示他们弄不清楚这项运动项目分类的意义。"

"项目分类的意义？"

"高山滑雪中设有回转、大回转、超级大回转、滑降和全能项目，可他们并不了解这些项目之间都有什么区别。或许回转和滑降项目，他们一看比赛就明白了。而在这两项之间的大回转、超级大回转和其他项目的区别就不是很明白了。的确，在超级大回转项目里，有一段赛道几乎可以说与滑降没什么区别。"

"啊，说起来我也这么觉得。对没接触过滑雪的人来说，他们不清楚不同形状的赛道所代表的意义，所以根本不理解高山滑雪里为什么要设那么多比赛项目。还有人甚至觉得这些只是为了增加比赛项目的数量,好让滑雪实力强的国家获得更多的奖牌。"

"这次调查里也有这样的回复意见。"

"夏季奥运会的田径项目,就不会出现这样的问题。毕竟谁都知道一百米短跑和二百米短跑不一样。"

"还有的回复意见拿田径项目来做比较,说大多数的冬奥会项目比赛时都是以计时方式决出胜负,缺少人与人之间的对抗。"

"对抗?"

"田径项目也是以计时方式定胜负。但最后就像运动会上的赛跑一样,选手在听到'各就各位,预备——'的口令时一起奔跑,第一个到达终点的选手获胜,之后才会得知各选手用时多少。然而冬季运动项目,无论是滑雪还是滑冰,几乎都是选手们各自进行计时,然后根据比赛用时长短来决出获胜者。有回复意见表示如此一来,很难让人热血沸腾,缺少那种一决高下的紧迫感。嗯,这么一说好像也有道理。"

"的确,冬季运动项目与其说是人与人之间的对抗,不如说是人和时间赛跑。"

大叔说着在电脑前伸了个大大的懒腰。

"说到底还是因为滑雪和滑冰这些运动项目不为大众所熟知。尽管规则和赛制也不算复杂，可这些人还是理解不了，也不知道这些比赛是要比试什么。这样就别指望他们会对这些项目感兴趣了。即使提升了比赛的观赏性，没有人气的项目也很难受到大众关注。就像夏季奥运会的射箭项目，为了便于大众在电视上观看比赛，甚至还调整了规则，变为对阵类的比赛形式，可还是没能吸引到更多观众。"

"可在山本老师的努力下，射箭项目还斩获过银牌呢，所以我觉得在日本这个项目还是很受关注的。"

"那得不了奖牌的冬奥会项目，就没什么可期待的了吗？"

"怎么感觉你这架势，是要放弃了。"

"也不是放弃，只是……"

大叔打开了电视，上面正好播放着都灵冬奥会的开幕式。解说员慷慨激昂地解说着，仿佛正在参加一场世纪盛典。不过，不知道那些在电视机前的观众们听到他的声音会做何感想。

"还是先去看看吧，去都灵……"大叔嘟囔了一句。

还是先去看看吧,去都灵……

— 5 —

2006年2月18日一大早,大叔醉醺醺地回来了。昨晚一定是参加了什么聚会。听说他的小说获奖了,具体情况我也不清楚,反正就是参加了个颁奖典礼。

他一回到家,就开始咕咚咕咚地大口喝水。看到我之后还打了个大大的酒嗝。我被他浑身的酒气熏得急忙躲到了一边。

我捂着鼻子说:"臭死了。回来得这么晚。你还知道今天是什么日子吗?"

"我知道啊。你看我不是都已经准备好了吗?"大叔看向门口,那里放着一个行李箱和一个帆布背包。

"还来得及吗?"

"不要紧,七点半有人来接我们。"

我看了看表,还有不到一个小时。

"啊,不过还真开心呐。"大叔在沙发上伸了个懒腰,怪里怪气地笑着说道,"受到大家的祝贺和称赞,感觉实在是好极了。只可惜这就散场了。可恶,要不是得去都灵,我们还能玩得更尽兴呢。"

听到他的话,我打心眼里庆幸要去都灵。也许应邀参加聚会的编辑们也是这样想的。如果由着他的性子来,恐怕这聚会得持续个两三天。

"快去冲个澡吧。不然可来不及了。"

"真啰唆。我知道。"大叔慢吞吞地起身,"喊,为什么要在这个时候出门啊?光文社也真不会安排行程。麻烦死了,我真不想去啊。我还想和大家一起多玩一会儿呢。"

"你絮絮叨叨地在说啥呢?快去吧!"我一记飞脚踹在大叔的屁股上。

我们要去的地方是意大利的都灵。当然啦,那里正在举办冬奥会。作为一个冬季运动发烧友,大叔非常想弄清楚冬奥会对日本人来说意味着什么,所以这次打算去当地一探究竟。然而，出发前一天正赶上刚才提到的那个文学奖的颁奖典礼，这几天他似乎完全失去了去都灵的干劲。

其实，大叔情绪不高并不仅仅是这个原因。从2月11日都灵冬奥会拉开帷幕以来，虽然已经过去一周了，但日本队却没有传来任何喜讯。有望夺得金牌的加藤条治选手不堪压力，最终发挥失常，而男子U型场地技巧项目原本有望获得多枚奖牌，可参赛的日本选手全都在预选赛中被淘汰了。在雪上技巧项目中，上村爱子选手虽然发挥稳定，但由于比赛评分标准而最终无缘奖牌。在女子速滑团体追逐赛中，日本队在四分之一决赛中由于对手摔倒而晋级，可在季军争夺赛的决胜局中，日本队自己却摔倒了，无缘奖牌。此外，在女子U型场地技巧项目中，今井梦露也由于失误而在比赛中摔倒了。总之，到目前为止没有一个好消息。

大叔曾预测日本队在这届冬奥会上会很艰难，但他可能也没料想到情况会这么糟糕。因此尽管马上就要出发了，他还是一副提不起兴致的样子。

尽管如此，大叔洗完澡出来后看上去还是精神了一些。他看向我，眼睛瞪得溜圆。

"你搞什么呀，穿成这样？"

"怎么啦？"

"什么怎么啦，我问你穿的是什么？"

"御寒服呀，就放在那边的纸箱里。"

"那是人家为了祝贺我获得直木奖而送的礼物。你怎么穿上了？"

"因为都灵很冷啊。"

"是很冷。所以人家才会送给我。你快给我脱下来！"

"那我该穿什么呀？"

"你本来就是只猫呀，你不是有毛皮吗？"

"可我现在没有了呀，所以才发愁呢。本来猫就怕冷。"

"你可真啰唆。我借你件滑雪服，你就穿那个吧。"

"你是说那件脏兮兮的衣服吗？"

"不乐意的话就别穿。"

他正说着，"叮咚"——门铃响了。来接我们的人到了。没办法，我只好披上那件脏兮兮的衣服。

来接我们的人站在公寓门口，穿着一身黑色的衣服。他是大叔的编辑，姓氏就是黑衣，这名字听上去就像个默默无闻的幕后工作者。

"你就是那个有名的梦吉呀,请多关照。"他弯腰向我行礼,十分有礼貌。

"我以前应该和你提过,这家伙原本是只猫,所以他没有护照。这不要紧吧?"

大叔说的话有些离谱,黑井君却赞同地点了点头。

"我倒没听说过猫也需要护照,这在现实中也是不可能的,况且现在是在小说里,这应该不要紧。"

"就是嘛。"

"是的,没问题。我们走吧。"

就这么简单地说定了,净是些不负责任的家伙。他们平时肯定也总摆出这种态度,说什么"这是在小说里,所以不要紧的"。

也许是因为听了黑衣君的话而放下心来,大叔在途中居然睡着了,还打起了呼噜。

这时候,黑衣君说:"他肯定累坏了吧,确实很辛苦。"

"不好意思,旅途中肯定还会给你添麻烦的。"

"哈哈哈,没关系。一切就交给我吧。"

黑衣君看着一副可靠的样子,拍着胸脯保证着,可五分钟后,他也开始打起盹来。可能他也参加了昨晚的聚会。

到达成田机场后,我们匆匆办完了登机手续。之后,大叔去书店买了两本口袋书。一本是宫部美雪女士的《蒲生邸事件》,一本是奥田英朗先生的《最恶》。

"喂,你怎么现在才想起来买这两本书啊?"我问道。

"毕竟要坐十二个多小时的飞机,带上这些厚点的书,心里才踏实。"

大叔好像没明白我为什么要这么问。我的本意是这两位作家和大叔都是老朋友了,可他却还没读过这两本书,这也太奇怪了吧。尤其是奥田先生,他们还经常一起去居酒屋喝酒呢。大叔可真行呀,没有读过奥田先生的代表作,还能如此若无其事地和人家打交道。

大叔说自己饿了,就在餐厅里点了一碗叉烧面吃了起来。黑衣君也喝着咖啡,悠然自得。飞机十点半起飞,现在已经十点了。这两个人还一副气定神闲的样子,真的不要紧吗?

"我们是不是该走了?"我开口问道。

黑衣君看了下表,点点头。

"是呀,我们走吧。"

他们俩不紧不慢地向登机口走去,我也跟在他们身后。

然而，登机口却排起了长队。其中大多都是年轻人，可能大学生们已经开始放春假了。

好不容易到了随身行李检查处，大叔的背包却被扣住了。女安检员严厉地看着他，要求他打开背包接受检查。大叔不耐烦地咂了下舌。

"里面没放什么危险的东西呀。就是因为这种无关紧要的理由逐个打开背包检查，入口才会这么拥挤的……"

大叔正在抱怨着，女安检员却一脸严肃地对他说："里面有把刀。"

"啊？"

"包里面有把刀。"

大叔脸色一变，开始翻自己的背包。不一会儿，确实找出了一把折叠刀。

"坏了，这是我在野外沿溪流爬山时用的刀。这下糟了，这是朋友送给我的……"大叔感叹道。

但为时已晚，刀被没收了。不过这也无可厚非，毕竟就连剪刀和剃须刀都是禁止带上飞机的，更何况这种锋利得都能当凶器的刀呢。

没想到在这种意料之外的地方浪费了不少时间，当我们通过海关时,已经是十点二十分了。一位举着汉莎航空牌子的女性工作人员正焦急地四处张望着。

"请快点!就差你们还没登机了。请快跑几步!"

哇,一看不妙,我们开始一路狂奔。

我们啪嗒啪嗒地跑过登机桥,一窝蜂地拥上飞机。一位汉莎航空的日本空姐正等着我们,她看上去四十多岁。大叔向她出示了机票,她便带我们找到了座位。

就在我们暗中庆幸总算赶上飞机了时,空姐礼貌地说道:"这次真是恭喜您了。"

哎?大叔一脸疑惑。

"恭喜您荣获了直木奖,真是太好了。"

"啊,谢谢。"大叔点头回应道,惊出了一身冷汗。

落座后,大叔开始嘿嘿地笑起来,笑得怪瘆人的。

"没想到这地方都有人知道我的名字,我也出名啦。"

"现在可不是该高兴的时候。那位空姐知道其中一位迟到的乘客就是你。从今以后,你不能再像现在这样自由散漫地生活了。"

"我的生活哪里散漫了?你可别没事找事。"

大叔下意识地回了我一句,之后就睡着了,还发出了响亮的鼾声。真是的,飞机还没有起飞呢。我一看,他的安全带也没有系上。这副样子,怎么能说不是散漫惯了呢?

大叔睡了大约三个小时。在这期间飞机上还分发了餐食,可他一直没有醒来。之前的那位空姐来了好几次,好像有什么事情要找他。但看到他还在呼呼大睡,又不得不回去了。

大叔醒来后,打了个大大的哈欠,然后搓了下脸。

"真睡了个好觉!还是商务舱好呀。"

"你得感谢黑衣君。"我说。黑衣君坐的是经济舱。

"用不着。以考察采访的名义,他就能用公司的钱去看冬奥会。他得感谢我才对。"

"你语气这么傲慢,会让人反感的。再说了,虽然这次能到现场看冬奥会,但你也没觉得自己能有什么收获吧?"

"因为日本队没拿到奖牌吗?"

"对呀。"

"嗯……"大叔面露苦涩,开口道,"我以为我们去之前日本队至少能拿到一枚奖牌呢,结果我还是太乐观了。速滑项目也判断失误了。"

"那U型场地技巧项目呢？"

"今井梦露的比赛表现确实有些令人失望。不过，男子比赛项目那边估计也是那个水平了，我就知道他们肯定拿不到奖牌。"

"真的吗？"

"以肖恩·怀特为代表的美国队选手一亮相，我就知道日本队这次无缘奖牌了。他们可是职业选手哇，我经常能在电视上看到他们在世界极限运动会（X Games）等比赛中大显身手。世界极限运动会可是相当于篮球中NBA级别的比赛。他们一出场，业余的日本选手们根本招架不住。全日本滑雪联盟的单板滑雪部部长有什么底气宣称日本队选手比美国队选手更有实力？这真是十分费解。"

"跳台滑雪项目中的原田雅彦选手也让我大吃一惊。"

"确实令人惊讶。我总有预感会发生什么情况，但没想到他竟然会被取消资格，而且仅仅因为他的体重轻了两百克，那不过是一瓶牛奶的重量啊。"

"有种说法是跳台滑雪项目的规则变更频繁且过于复杂，所以才会出现这样的情况。你怎么看？"

"的确，这个项目的规则变更得越来越频繁且复杂。技术和滑雪板的材质在逐年改进，因此规则上也必须相应地做出调整，理当如此。最近跳台滑雪项目选手过度节食之风愈演愈烈，原田选手所触犯的规则就是为了阻止这个风气而制定的。这条规则本身并无不妥，体重管控也并非难事，只能说他这次实属无心之举。我很想为他辩解，但怎么考虑，都只能说这次都是他自己的错。"

又不是不认识对方，大叔这话说得也太不客气了。不过，我想大叔这么说，也是因为原本心里还期待着原田雅彦选手能在这届冬奥会上有出色的表现吧。

"不管怎么说，"他握紧了拳头说道，"既然我来了，接下来的比赛肯定会不一样，我把好运气分给他们。"

大叔说话时架势十足，可他自己不也运气一般吗？这次获奖之前，他被提名了六次，最终都铩羽而归。

好像是看到大叔醒了，刚才的空姐又过来了，想要大叔帮她签名。虽然已经司空见惯，但我仍然有些费解，为什么会有人想要这么个大叔的签名呢？他的字可太难看了。

大叔在三张明信片上都签了名，那位空姐看起来欣喜万分。呃，我完全不明白这有什么可开心的。

我们终于到了法兰克福机场。法兰克福机场实在太得离谱。我们走了好几条自动人行道，还没到达要出发的登机口。无论怎么走，我们看到的标识牌都指示我们继续向前。

好不容易到了登机口，我们看到换乘的飞机非常小。

又坐了一个小时的飞机，然后我们终于抵达都灵机场。

"应该会有出租车来接我们。"黑衣君说。

我们刚出机场大厅，一个满脸胡须、身材较胖的圆脸男人便走了过来，好像是我们的出租车司机。虽然英语说得很蹩脚，但还是会说一些，他说自己叫保罗。

"还是来了呀。我以为我再也不会出国旅行了。"大叔望着出租车窗外，喃喃自语。

大叔曾经结过婚。那时他经常出国旅行，因为他的妻子喜欢。他的妻子能说一口流利的英语，可他却完全不懂。我知道这种心结让他对出国旅行很排斥，就像身体的过敏反应一样。要是这次旅行能去掉他的这种过敏反应就好了。

车子驶入了一个叫阿斯蒂的地方，我们就住在那里的萨勒拉旅馆。这家旅馆小巧而精致，有种舒适、惬意的古朴气息。

入住之后，我们去了旅馆里的餐厅。这里也十分小巧而精致。一个小个子服务员来为我们点餐，但他完全听不懂英语。他用意大利语叽里呱啦地说了半天，然后拿来了一份英语菜单。

大叔虽然一句英语也不会说，但看到英语还是比较放心的。他仔细看着菜单，然后点了章鱼土豆沙拉、意式方饺和菲力牛排。这些都是他在日本的意式餐厅常点的菜。这种时候像我这样的小人物往往都会寻求最稳妥的方法。

所以，我点了和大叔一样的菜。

黑衣君则正试图通过肢体语言，对不懂英语的服务员比画着想要点的菜。我问他点了什么。

"金枪鱼。"他答道，"我想吃鱼了。"

那个不懂英语的服务员拿来了这里推荐的红酒。大叔品尝了一口，然后颔首道："不错，酒香浓郁，且甜适中。要是以后每天都能喝上意大利葡萄酒，那该多幸福。"

我知道他不会品酒，根本尝不出葡萄酒的好坏，估计后面那句才是他的心里话。因为他喜欢喝葡萄酒。

我们点的饭菜上来了，大叔吧唧吧唧地吃得起劲，而且每道菜都要品头论足一番，实在是让人厌烦。

不一会儿，原本点了金枪鱼的黑衣君面前端上来的却是一盘怎么看都像是肉的菜肴。他疑惑地吃了起来。

"这个，是鱼吗？"大叔问。

"这个嘛，看起来不太像。"黑衣君也感到奇怪。

"吃起来感觉如何？"

"不是鱼的味道。"

"看起来像一道肉菜。"

"是肉，而且味道还非常浓重。"黑衣君郁闷地嘟囔道。

吃到最后，黑衣君的脸色有些阴沉。我们不会说意大利语，恐怕后面还会遇到很多困难。

回到房间后，大叔开始看一本意大利语的会话书。当然他不会看太久，很快就去睡了。我也去睡觉了。

第二天是19日，这是一个值得纪念的日子，我们第一次现场观看了冬奥会比赛。比赛项目是冰壶，就是那个让大叔产生心理阴影的运动项目。

这天，一位名叫曼奴拉的女士来到了旅馆，她是阿斯蒂旅游局的工作人员，向我们详细介绍了接下来的日程安排。她会一点日语，但有时也会听不懂，这时她就会抱歉地说："我的日语不好，实在抱歉。"不过我觉得感到抱歉的应该是我们，毕竟我们连个翻译都没带。

曼奴拉开车把我们送到车站。我们提前准备了可在意大利国内畅行的火车通票，所以直接拿着票去了站台。

很快火车就来了，基本上是按照时刻表准时到达的。据说这种情况并不常见，一般晚点十分钟或十五分钟都是家常便饭，有时候晚点三十分钟以上也不稀奇。

登上踏板，进入车厢，确实能感受到列车上的异国情调。里面像卧铺车一样隔出许多小房间，每个房间都设有两排面对面的三人座位。想要有座位，我们必须要提前预约。房间的入口处张贴着一张纸，上面标注着哪些车站之间的座位已被预订。不过只要看这张纸，也会知道哪些车站之间没有人坐，因此也有一些脸皮厚的乘客钻空子，临时借坐在这些座位上。

我们只能在过道里待着，好在车厢上安装了折叠式的辅助椅，于是我们坐了下来。

我们在都灵的灵格托车站下了车。这里曾经是菲亚特工厂所在地。我站在站台上环顾四周，只见周围都是空地，十分荒凉。紧挨着车站的是一个巨大的滑冰场，那是速滑比赛的场馆。

"居然在这样的地方建滑冰场，也不知道以后还会不会继续使用。"大叔喃喃自语道。

"谁知道呢。那些为冬奥会建造的设施后续维护费用高昂，在冬奥会结束后几乎都闲置了，因此最终都会被拆除，所有的主办城市都会面临这种情况。我听说长野冬奥会的M-Wave速滑馆的情况也岌岌可危。"黑衣君冷静地分析道。

从这里到冰壶比赛场馆，要先到皮内罗洛的奥林匹克车站，所以我们还要继续乘坐火车。换乘的火车很新，车厢内也很宽敞，但是轨道线路非常破旧，因为是单线列车，所以每站都停。即使是几乎没有乘客上下车的小站，火车也必须要停靠。

这个皮内罗洛的奥林匹克车站，说到底就是一个临时车站，这里连个公共厕所都没有。明明冰壶比赛场馆近在眼前，我们却要绕很远的路才能到。可能是来不及修建专用通道了吧。"这个火车站在冬奥会结束后肯定会被拆掉的。"大叔愤恨地说道。

我们来到冰壶比赛场馆的入口处，发现这里戒备森严。他们不仅检查门票，还检查入场观众的随身物品，甚至像机场行李检查一样，设了一个可探测金属物品的安检门。

"搞什么呀，这么严格。"大叔说道。

"他们应该是在提防恐怖袭击。意大利内政部长曾提到，由于丹麦报纸刊登了一幅讽刺穆罕默德的漫画，冬奥会期间恐怕会出现恐怖袭击活动。"黑衣君马上解释道。

大叔不满地撇撇嘴，开口道："奥运会和恐怖主义啊。这两个原本处于不同世界的事物，从很久以前开始就总是会被紧密地联系在一起。说起来，斯皮尔伯格还拍过一部叫《慕尼黑》的电影呢。"

"真希望他们不要把政治和体育混为一谈。否则，选手们就太可怜了。"

"观众们也很可怜啊。"

顺利通过检查后，我们终于进入了比赛场馆内。但在进场观看比赛之前，大叔发现前面有一家临时餐厅。他表示先填饱肚子再说，就直接走了进去。

当我们点了比萨和啤酒，正准备简单吃点时，一群人走进了餐厅，好像是哪个国家的啦啦队。他们大声嚷嚷着"美国！美国！"——他们来自哪个国家，已经不言而喻了。

"上午的男子比赛似乎已经结束了。看他们这个样子，应该是美国队赢了吧。"黑衣君说道。

怪奇之梦

夢はトリノをかけめぐる

"对手是哪个队呀?"

"好像是英国队。能赢了实力强劲的英国队,确实他们难免会如此激动呀。"

"即便如此,他们也兴奋过头了吧。不知天高地厚,这里可是公共场合,就没有人教他们这些基本的社会常识吗?"

我们说的是日语,具体说些什么,他们肯定听不懂,于是,大叔和黑衣君开始毫无顾忌地说着美国人的坏话。

"我知道你们在生美国人的气,可重要的是日本女队现在怎么样了?"我问黑衣君,"情况如何?"

黑衣君立即拿出一个记录本。

"目前是两胜四负。想要在第一轮晋级的话,她们至少需要五胜四负。显然,她们已经没有退路了。"

"一胜三负的时候,我就觉得她们已经束手无策了。"大叔说道,"后来她们在比赛中赢了加拿大队,又迎来了转机。本来我希望她们能顺利赢下后面的瑞典队,总之这三场她们输得太惨了。不过至少我们也赢了几场比赛呢。首场比赛对阵俄罗斯队,日本队就赢了,如果没有失误,对阵丹麦队的比赛本来也有希望赢的。要是能把握住时机让冰壶及时停住,胜利就是我们的了。"

尽管冰壶运动给大叔带来了心理阴影,但他仍然仔细地分析过这些比赛情况。

"在体育比赛中,失误在所难免,尤其是像冰壶这样精细而复杂的运动项目。"

我话音未落,大叔便瞪了我一眼。

"能出战冬奥会的选手绝不应该在关键时刻出现失误。更何况你只是个外行,别说得好像你什么都懂似的。"

你自己不也是个外行吗,我心想。

"今天的对手是哪个队来着?"大叔问黑衣君。

"英国队。他们上次在盐湖城冬奥会上获得了金牌。毋庸置疑,是一支强队。"

"这场比赛注定艰难呀。"大叔有些泄气地开口道,"在日本看比赛的时候,我为她们加油了半天,结果她们还是输了。她们与美国队的比赛我没看,结果她们在加时赛中却赢了。"

"那就别看了,咱回去吧?"我试探着说了一句。

"那怎么行呢。要是今天输了,日本女子队晋级第一轮的梦想就破灭了。即便如此,我也要亲眼见证一下。"

这架势像是比赛肯定会输似的。日本青森队的姑娘们可不乐意被这样的家伙支持吧。

那群美国人还在兴奋地吵嚷着，我们离开临时餐厅，向比赛场馆走去。

这个赛场和滑冰场差不多，四周都设有观众席。赛场内并排设有四条冰壶赛道，这意味着赛场内叮以同时进行四场比赛。

我们的座位挨着靠边的赛道，离建筑物比较近。但日本队和英国队的比赛不在这里，而是在相隔两条赛道的另一处。我们面前的赛道进行的是瑞士队与美国队的比赛。我觉得安排座位的人实在是考虑不周，在自己国家的选手比赛的附近加油，现场的气氛才更热烈吧。

就在我这样想着时，瑞士的啦啦队在我们身后拉开了架势。

"哎？他们居然能在这么近的地方给自己国家的选手加油。"大叔立刻脱口而出道："那为啥不把日本啦啦队的座位安排在日本队比赛场地的附近啊？这说不通啊！"

素来不喜欢欧美人的大叔已然怒气冲天，不过我觉得他说得很有道理。像我们这样游山玩水，顺便来看个比赛

怪奇之梦

的也就算了，但那些专程为这场比赛而来的常吕町[1]啦啦队却也只能坐在这里。

常吕町啦啦队和我们在电视上看到的一样，有的人戴着像冰壶石一样的头饰，有的人戴着圣诞树一样的假发。看上去一派热血沸腾的景象，连我们都被他们的热情感染了。

这时，一个熟悉的面孔出现在我们面前，仔细一看竟然是前北欧两项的获原次晴选手，他如今是一名体育节目解说员。他也戴着奇怪的头饰，站在镜头前。对他来说，冬奥会才是让他能感受到自我价值的地方，他应该会全力报道。可他转眼间就离开了，可能只是来露个脸而已。

再看向赛场，已经能看到日本队选手的身影，是目黑选手和林选手。目黑选手在首场比赛中状态不佳，在第二场对阵美国队的比赛中变成了替补。不知她今天会表现如何。

我曾在电视上听过，这里的冰场非常滑，而且滑行起

---

[1] 常吕町为过去位于日本北海道网走支厅的行政区划，已于2006年3月5日与北见市、留边蕊町、端野町合并为新设立的北见市。以冰球之町闻名，许多代表日本参加冬奥会冰球项目的选手皆出身于此地。

来速度很快，所以小野寺选手在关键时刻才未能完美地停住冰壶。不过，她们得尽快熟悉这个赛场才行呀。

就在我想得出神时，一位常吕町啦啦队的女士走了过来。

"不好意思，你们是日本人吧，如果可以的话，请收下这个。"

说着，她递给了我们两面日本国旗，上面写满了大家的寄语。

接过国旗的大叔和黑衣君对视了一下。

"看来我们也得摇旗呐喊了。"大叔意兴索然地说道。

"我们也算是来给比赛加油的吧，或许这国旗接下来能派上用场，先拍些照片吧。"

"好啊，说的也是。"

拍纪念照片的时候，大叔依然毫无热情。

"你打起点精神来呀。"我对他说。

"可我们又不是常吕町人。"

"但都是日本人吧。"

"不过看这些国旗上的寄语，与其说是为日本加油，不如说是在为常吕町加油。"

这些寄语给人的感觉的确如此，全都是为常吕町加油的话。

"不奇怪吗？这种疏离感该怎么形容呢，难道我们是外人吗？"大叔疑惑不解。

"也许是多虑了，可确实有种难以融入他们的感觉。"黑衣君颇有同感地附和道。

正说着，比赛终于开始了。

日本队后手进攻，在这种情况下比较容易得分。只不过如果她们得一分，下一局对手就变成了后手进攻。如果双方都未得分，下一局日本队依然是后手进攻。因此，从理论上讲，一开始就是后手的话，最好先得两分以上，不行的话，最好在比赛结束前一直维持双方都不得分的局面。来意大利之前，我曾在电视上仔细钻研过这些。

第一局结束，双方均未得分。第二局，日本队在后手进攻时得了两分。第三局，日本队虽然变为先手，但抓住了对手的失误，又得一分。第四局，日本队按照理论只让后手的英国队得了一分，并在第五局又得了三分。比赛进行得十分顺利。此前的比赛中日本队都出现了冰壶快速滑过理想位置这种明显的失误，而今天，这种失误完全没有出现。

"今天日本队的状态不错呀！"

"是呀！反而对手英国队出现的失误太多了。"

大叔和黑衣君先生正讨论着，突然前面一位身着白衣、四十岁左右的中年男人转过头来，瞪着黑衣君说："你们说得不对！是我们日本队的进攻战术执行得好，对手疲于应对才会接连出现失误。"

"啊，是这样啊！"黑衣君耸了耸肩，点头道。

这位大叔好像是常吕町啦啦队里的元老级人物。我估计黑衣君也觉得稳妥起见，这个时候还是不要顶撞他为好。

这位大叔好像一直在听着我们讨论，当黑衣君问大叔"冰壶运动好像没有裁判？"时，这位大叔立刻转过头来告诉我们："冰壶运动和高尔夫一样，基本上没有裁判，因此需要选手发扬公平竞技的体育精神。"

由于四场比赛同时进行，各国啦啦队的呐喊助威声也交织在一起，此起彼伏。最初意大利啦啦队的声势最为浩大，然而在第五局结束时，意大利队被对手加拿大队以七比二打得毫无招架之力，他们也就偃旗息鼓，渐渐没了声音。

接着就是美国队和瑞士队的啦啦队阵势旗鼓相当，美国队一如既往地齐声高喊"美国！美国！"瑞士队也不甘示弱，大声呐喊着"HOT SWISS!（夺冠热门，看我瑞士！）"。他们还叮当叮当地摇铃助威，我们就坐在他们的前面，简直都要被吵死了。其间我们也听到了"日本队加油"的呐喊声，但周围实在是太吵了，青森队的选手们能不能听得见都是个问题。

除此之外，冰壶比赛场馆比想象中要冷。大叔在裤子外面套了滑雪裤，但他还是叫嚷着冷。我也抵抗不住，蜷缩着身体让自己暖和一些。

第五局结束后中场休息，不一会儿，下半场比赛就开始了。我们都觉得以目前六比一的比分，接下来日本队肯定稳赢。大叔都安心地开始打瞌睡了。

然而，在第六局比赛中，日本队突然一下子让对手得了三分。场上气氛顿时紧张起来。

穿白衣服的大叔似乎也坐不住了，他对队长小野寺选手制定的战术接连表示不满。

"不管对手怎么布阵，大胆破坏掉就行啦。啊，你们这是要干吗呀?!都说了不能把冰壶放在那个位置啊!把那些用来防守的冰壶都撞开就行了呀。都在干什么呢?"他一直像这样嘟囔个不停。

我经常能看到大叔在看职业棒球或相扑比赛时,对着电视屏幕滔滔不绝地解说。现在这位大叔大概就是这样。

在日本队和英国队各得一分之后,比赛迎来了第九局。在场上错综复杂的形势下,凭借小野寺选手的绝妙一掷,日本队一口气得了三分,目前的比分是十比五。比赛还剩最后一局,英国队一下子得五分怕是不可能了,所以英国队必输无疑。在冰壶比赛中,选手在明显无法逆转比赛结果的情况下还坚持继续比赛,会被人批判有失绅士风度,而主动与对方握手就意味着认输了。

"我在电视上看比赛时,日本队总是输。可我来都灵后看的第一场比赛日本队就赢了,真是个好兆头。估计都是我带来的好运气。"大叔兴致勃勃地说。

当我们走出场馆时,外面已是雪花纷飞。在都灵的这两周,还是第一次下雪呢。难道大叔连雪云都带过来了吗?而且还是湿乎乎的鹅毛大雪。不一会儿,我们身上的衣服就湿乎乎的了。

怪奇之梦

我们乘火车来到了新门车站[1],雪不仅没停,反而越下越大,路面都有积雪了。我们暂且先坐上了一辆出租车,但黑衣君看上去却有些忧心忡忡。

"今天是周日。"他说,"意大利的餐厅基本上都休息了。我也查到了一些照常营业的餐厅,但位置都不太好找……"

事实上也确实难找,连出租车司机都走错了路。我们找了个地方下车,剩下的路只能走过去了。但路面都是雪,实在是太难走了。毋庸置疑,当时还冷得要命。

尽管迷了路,我们还是寻到了一家餐厅。还不到七点,我们只能先喝点东西。我们点了葡萄酒,以及奶酪和点心的小食拼盘,先垫垫肚子。没多久便到了晚餐时间,我们就在这里解决了晚餐。

这里的菜单也很晦涩难懂。大叔用上了随身带的《手指旅游会话书》,得到了一点语言上的帮助,终于点上了意式烩饭和猪排。"这味道不错。我点的真不赖。"大叔喜笑颜开地说道。

---

[1] 都灵的主要火车站,客流量居意大利第三位。

黑衣君这次随便点了个菜。我还在想他点了些什么呢，结果上来的是一块很大的炸肝，看上去就有些倒胃口。他吃了一半，就被腻得吃不下去了。

"明天我要像东野先生学习，点一些比较稳妥的饭菜。"他抱怨道。

回到旅馆后，我们就各自回房间休息了。

大叔开了一瓶房间里的红酒，倒在塑料杯里，自斟自酌起来。看他一副兴致不高的样子，我问他怎么了。

"没什么，就是觉得常吕町的啦啦队应该很激动吧。"

"那当然了，人家觉得我们町的冬奥会选手在赛场上发挥出色，肯定会非常激动呀！"

"我们町啊……"

"有什么不对吗？"

"我就是觉得，日本冰壶代表队有点特殊，与其他项目的团队不太一样。通常情况下，棒球也好，足球也好，组建国家队参加国际比赛时都会从各队中选拔出色的选手。但冰壶项目并非如此，是由在国内比赛中获胜的队伍及队员直接代表国家参加比赛。"

"这也没办法呀。无论召集多少优秀的选手，也不可能一下子就组成一支实力强劲的队伍。冰壶不就是这么一项难度很大的运动项目吗？"

"但如果查过青森队的组队经过，你就会发现这个队汇集了众多的优秀选手。曾参加盐湖城冬奥会的常吕町籍选手小野寺和林为了寻找训练场地来到了青森，后来一直活跃在青年赛场上的目黑和寺田也加入进来。还有那一年意外在日本选手选拔赛中获胜，且同为常吕町籍选手的本桥。她们组队不到一年，就获得了都灵冬奥会的参赛资格。青森队并不是'我们町'的冬奥会选手，应该说冰壶项目的发展多亏了常吕町。"

"那又如何？你是想说常吕町的人有些得意过头了吗？"

"我不是这个意思。我想说的是，促进冬季运动的发展、积极组建国家队，这些原本应该都是由国家来做的，而常吕町却替国家做了。青森队靠自己的力量召集优秀选手，最终变得强大，但你不觉得国家应该有一个更加健全的体系吗？国家既不修建体育设施，又不提供资金支持，甚至都没有建立一个提升选手水平的培养体系，他们到底在干什么？反而冰壶队的姑娘们能在这么艰苦的条件下获胜，她们实在是太棒了。"

红酒马上就见底了。醉意渐浓的大叔又唠唠叨叨地讲了一个多小时，但说来说去都是这些内容，我就直接略过不提啦。

20日，我们要去看跳台滑雪的团体比赛。和昨天一样，我们坐火车到了皮内罗洛的奥林匹克车站，然后再乘坐穿梭巴士。

"我们要坐多久巴士？"大叔问。

"嗯，大约一个半小时吧。"

"一个半小时？要坐这么久啊。"

"毕竟那里离都灵市中心有二百公里呐。"

"搞什么，这么远？那还能叫都灵冬奥会吗？这不完全就像日本在东京举办冬奥会，却让大家去几百公里外的新潟观看比赛一样吗？"

大叔怒不可遏地抱怨着。估计这种牢骚话，我和黑衣君以后还会经常听到。

如果要坐一个半小时的巴士，我们在出发之前最好先去上个厕所。不过，之前提到过，皮内罗洛的奥林匹克车站就像个临时车站，压根就没有像样的公共厕所。作为替代的是一排蓝色塑材搭建的简易厕所。我一进去就惊呆了，这里竟然无法冲水。马桶底部覆盖着一层像铝箔一样的东西。人如厕后，拉一下马桶旁边的拉杆，铝箔样的东西就像传送带一样小幅移动，把污物送到罐桶里。

"受不了了。"大叔捏着鼻子出来了，"总算能小便了。小便也就罢了，大便的话可真够受的。"

"对女士来说就更不友好了吧。"

"可不是吗。如果车站的简易厕所都是这个样子的，真不敢想象比赛场馆里的厕所又会如何。"

我们终于坐上了巴士。车里的空间十分逼仄。靠背原本是放倒的，所以人坐下后还算舒服，但前排座位的靠背就在我们面前。黑衣君调侃道："我们就像夹在名片夹里一样。"

巴士行驶了片刻，映入眼帘的是一片雪山。这也让我们切实地感受到，接下来要去观看跳台滑雪比赛了。这时，巴士突然停了下来。我们还以为发生了什么事，然后就看到一个男人下了车。那人在离车几米远的地方停了下来，背对着我们，不知要干什么。

我和大叔面面相觑，原来那人正站着小便。显然，他已经忍不住了，不得不让司机中途停了车。虽然他是逼不

怪奇之梦

得已,但我觉得他应该找个更隐蔽的地方解决小便。

当他回来时,有一群人还鼓掌欢迎他,他们好像都是他的朋友。真是哪个国家都有这样的白痴。

之后,我们的车又因为有人要下车小便而中途停下了。这次,三个男人居然是屁股对着我们,并排站着撒起尿来。我真没想到在意大利的偏远郊区会看到这样一番景象。

即便如此,这辆巴士就没有想过中途休息一下,让大家去上个厕所吗?放眼望去,车里的女乘客也不是少数。她们需要小便时又该怎么办呢?再加上车站的简易厕所,这些方面考虑得如此不周,真让人颇为不满。

最终我们坐了快两个小时的车才到达目的地。然而,离跳台场地还有一段距离,我们还要从那里再步行一公里左右。

"这交通也太差了吧。"大叔又脱口抱怨道。

不过,走了没多久,我们就看到路的两侧摆满了小摊。有卖酒的、卖零食的,还挺热闹。有的小摊还卖金牌形状的巧克力,终于让我们感受到了冬奥会的氛围。

"我一直期待着这种气氛。可在冰壶比赛场馆却完全没有感受到。"大叔的心情似乎好了一些。

怪奇之梦

看到一家卖零食的店，大叔又拿出了那本《手指旅游会话书》。我还在纳闷他要干什么，只见他找到书上表示"咸"和"辣"的意大利语单词，指给男店员看。

"我想买点零食当下酒菜，可你们这边的零食都太甜了。"

男店员似乎明白了大叔的想法，给他推荐了两种零食。他尝了尝，确实一种是辣的，另一种是咸的。这简直太合心意了。

再往前走，我们看到一家卖类似华夫饼的食物的小店。正当我们一直盯着看时，女店员给了我们一小块，让我们试吃一下。味道还真不错。于是，大叔要了一份生火腿夹心的。黑衣君也像昨天说的那样不敢乱尝试了，要了份和大叔一样的。两人大快朵颐，这样看来食物确实很美味。

店里还卖热红酒——将红酒加热制成的饮品。喝了热红酒应该能暖暖身子，于是大叔还要了这个。然而刚喝了一口，大叔的表情就有些一言难尽。

"这是什么酒？怎么是这种味道？"

我也尝了一口。哇，好甜，简直甜得要命。这酒喝起来就感觉像葡萄汁里加了很多树胶糖浆。

"杯子底下还有不少糖呢。"黑衣君看着杯底，一脸痛苦地说道。

"就因为整天喝这种东西，意大利才会有那么多胖子。"大叔吐槽着，却端着杯一饮而尽。

就这样勉强填饱了肚子，然后我们直奔跳台而去。与冰壶比赛场馆相比，在跳台滑雪比赛场馆能看到更多日本人的身影。我再次感受到对日本人来说，跳台滑雪是一个具有特殊意义的运动项目。

在途中，我们发现了一个临时厕所。黑衣君说了声"失陪一下"，便朝厕所走去。但一个金发碧眼的外国小孩却突然从旁边冒了出来，抢在了前面。然而，他在打开门时却发现铝箔马桶上残留着污物。小孩大叫了一声"哦，不！"，就撒腿跑了。真是自作自受！

正如大叔担心的那样，这里的厕所条件非常差。接下来情况会怎样，真让人忐忑不安。

我们终于到达比赛场地，大跳台和标准跳台并立的景象令人惊叹。

和冰壶比赛时一样，在这里我们也要经过安检门才能进入体育场。

怪奇之梦

大叔边通过安检门，边嘟囔道："恐怖分子会跑到这深山沟里来吗？"

观众席就在跳台的旁边。我们从后面走上去，只见钢架还裸露在外面，看上去就像还没建好的大楼一样。我想冬奥会一结束，这里恐怕就会被拆除吧。

我们找到票号上的座位，发现身后坐着一群日本人。不过他们说的是关西方言，也就是说，他们不是选手们的亲友。

我环顾四周，想找一下选手们的亲友团，发现不远处有一群人穿着印有"下川"字样的冲锋衣外套。

大叔说："那就是下川町的啦啦队。毕竟在今年的冬奥会比赛中，下川町籍的跳台滑雪选手有四个人呢。"

"哎，竟然有四个人?!"

"冈部孝信、葛西纪明、伊东大贵和伊藤谦司郎。冈部、葛西和伊东还会参加今天的团体赛，所以下川町的啦啦队自然要卖力加油啦。"

"调布市的东京跳台滑雪少年团的内藤父子也提到过，曾承蒙下川町的关照，所以对日本跳台滑雪来说，下川町具有举足轻重的地位呀！"

"因此现在这种情况并非好事。其他町也应该加把劲，各町的选手相互切磋，共同进步。当然，这还需要国家给予大力支持。"

当大叔还在侃侃而谈着这些大道理时，观众席上坐满了来自世界各地的啦啦队。这时又来了一群人，我还以为是刚赶来的日本啦啦队，结果发现他们是中国人。哎，中国队也参赛了呀，我还真不知道呢。

不久，试跳开始了，各国选手依次从跳台上纵身跳下。看到这一场景，啦啦队的情绪也愈发高涨。还有一些啦啦队队员在过道上挥舞巨大的旗帜，因此与身后的观众发生了争执。

我们身后的关西啦啦队也是如此，亲眼在现场看跳台滑雪比赛，他们都兴奋不已。

"哇，跳得真高呀！"

"从那么高的地方跳下来，这可不是谁都能做到的。"

可能是我的错觉，我总觉得关西人越远离关西，说话时的那股关西腔就越浓。可能是这种腔调会让他们心里更有底气。

从我听到的对话来看，关西人对跳台滑雪知之甚少，甚至连团体赛需要四个人出场、跳台滑雪项目要根据两次跳跃的总分来决定名次这些常识都不知道。我估计他们是来意大利旅行，顺便来看比赛的。

随着比赛临近，夕阳西下，天气愈发寒冷。刚才提到过，观众席就在一栋还未完工的建筑物上，所以更让人觉得寒气逼人。大叔在紧身裤外面穿了滑雪裤，又套上了他带来的单板滑雪裤。可他还是感觉很冷，于是又往两个膝盖处放了一次性发热暖贴。他还穿了两双袜子，头上戴着单板滑雪用的针织帽和保暖面罩。那副打扮看上去别提多怪异了。

"以前我去看过在札幌举办的世界杯比赛，"大叔冻得声音都哆哆嗦嗦的。"当时下了很大的雪，我都快被冻死了。我吸取了那次的教训，带了这些御寒的装备。不过当时的比赛在白天，感觉还好。这边居然在晚上进行比赛，简直是胡闹。"

就在我们聊天期间，选手们的试跳还在继续着，但是起雾了，我们从下面已经看不清他们的起跳点。

"真无语了。如果比赛取消了，我们怎么办？"黑衣君说道。

怪奇之梦

夢はトリノをかけめぐる

"大老远跑来看比赛,要是现在比赛取消了,大家可就要集体暴动了。"大叔一脸怒气地说道。那样子好像他会第一个冲出来发起暴动一般。

比赛就要开始了,一些衣着古怪的舞蹈演员开始在特制的舞台上跳舞。大屏幕上出现了一个像是DJ的人,他竟然穿着短袖!"凭什么那家伙能躲在暖和的地方?快到这寒冷的现场来给我们表演吧,要不然他都不知道这里有多冷!"大叔愤恨地说。

不一会儿,比赛开始了。首先出场的是亚洲组的中国队和韩国队。我觉得这两个队在跳台滑雪项目上起步比较晚,难有好成绩。事实证明,他们确实没有取得太亮眼的成绩。

"韩国队虽然在世界大学生运动会和亚运会上都曾获得金牌,但只不过是战胜了处于低迷期的日本队而已。不过这也让我切身感受到这几年里日本队的状态是多么糟糕。"大叔说着低下了头。

现在轮到日本队上场了。首先出场的是伊东大贵选手。

"日本队主教练尤里安蒂拉曾表示在冬奥会后将重点培养伊东选手,因为他是新老交替时期的王牌选手。希望他今天的表现能充分证明他的实力。"

听了大叔的话，我们也满心期待着。但可惜的是，伊东选手在起跳后飞行了一百二十多米就落地了。大叔、我和黑衣君都叹了口气。

第二跳的一户选手也发挥得一般。相比之下，北欧队则实力强劲，他们轻松跃过了一百三十米线。这让人不禁怀疑在他们起跳时，跳台的角度相应地调整过。

经验丰富的老将葛西和冈部的起跳也并没有让大家眼前一亮，最终日本队以第六名结束了第一轮比赛。

"哎，估计也就这样了。"大叔站了起来，神情倒没有太落寞。

"和你预测的差不多吗？"

"没有我预期中的发挥得好吧。原木我还期待着葛西和冈部能在关键时刻发挥他们的实力，不过这个成绩也不是不能接受。毕竟，我也曾经见过日本队在卡尔加里冬奥会上的糟糕表现，那可是倒数第一呀。"

"看来今天日本队也与奖牌无缘了。"

"嗯，确实够呛了。"

"我倒是还期待着北欧队出现失误。"黑衣君开口道，

怪奇之梦

他还抱有一丝幻想。

"我觉得不会得奖。即便北欧队失利,日本队也不可能上升三个名次吧。"

我们都没了兴致,便离开观众席,走了出来。厕所前已经排起了长龙。

"哎呀,都灵冬奥会的一大问题就是厕所,如果不多为女性观众考虑,就会失去很多观众呀。"

今天的大叔一直在抱怨厕所。

当我们都在排队时,一个不知是哪个国家的年轻小伙正试图在我们前面插队。大叔非常介意这种事。果然,他拍了拍那个年轻人的肩膀。等年轻人转过身来,大叔瞪了他一眼,用手指了指身后。被一个蒙着面罩的人拍一下,任谁都会吓一大跳的。那个年轻人缩着脖子向后走去。大叔紧紧地盯着他,直到他走到最后面排好队。"这种人就是活该!我最讨厌别人插队了。别觉得我是日本人就小看我。"

"你蒙着面罩,人家根本不知道你是哪国人吧。"

"才不呢,那小子肯定是觉得日本人不会抱怨才这样做的。肯定是!"

大叔开始较真了，他肯定是带着某种情绪才会变得如此。

终于轮到我了，我走进厕所，里面实在太脏了。虽然那是个抽水马桶，但关键是竟然没有水。洗手处的水池也坏掉了。

当我们回到座位上时，第二轮比赛已经开始了。我们正感叹比赛进程之快，突然发现第一轮比赛中没有入围前八名的队好像都被直接淘汰了，没有进入第二轮比赛。中国队和韩国队此时都已经出局，他们的啦啦队也都离开了。

不过，不知不觉间日本队的排名也下降了。好像是在伊东大贵选手出场时，名次就已经被反超了。

而一户选手的这一跳还不到一百二十米，日本队与其他队差距进一步拉大了。"如此一来，只能寄希望于葛西选手和冈部选手了。"大叔喃喃自语道，"这可能是他们俩参加的最后一届冬奥会了。希望他们能拼尽全力，纵身一跳，不留下任何遗憾。我不希望他们像原田选手那样，在自己参加的最后一届冬奥会上留下无尽的遗憾。"

大叔的希望实现了，葛西纪明选手发挥出色，跳出了超过一百三十米的完美成绩。下川町啦啦队也终于恢复了活力。

但即便如此,在第三名选手比赛结束时,日本队仍排在第七位。

"冈部,看你的了,冈部!"

就在大叔和黑衣君不断祈祷的时候,冈部孝信选手起跳了。哇,这次太棒了,他取得了一百三十二米的飞行距离,创造了日本选手的最佳纪录。这样一来,日本队终于又回到了原来的名次。

"太好啦。现在只要后面的选手都摔倒……"黑衣君开始许这种不可能实现的愿望了。当然,到最后这样的情况也没有发生。不仅如此,挪威选手里约克索亚[1]甚至表演了一个超级大飞跃,飞行距离达到了一百四十一米,这也是本届冬奥会的最长飞行距离。奥地利选手摩根斯特恩[2]也跳出了一百四十五米的绝佳成绩。

大叔笑着说道:"对手发挥得太好了。我们根本没有

---

[1] 挪威男子跳台滑雪运动员,2004年世锦赛冠军,跳台滑雪世界杯系列赛总成绩亚军。
[2] 奥地利著名滑雪运动员,三届冬奥会滑雪金牌得主。

胜算。"

最终,奥地利队获得了冠军,紧随其后的依次是芬兰队和挪威队。日本队获得了第六名。

"这个名次已经很好了。"大叔有些落寞地开口道,"但问题是今后怎么办。如果不能处理好新老队员交替的问题,在温哥华冬奥会上日本队可能连第二轮都进不了。"

"长野冬奥会上取得的辉煌成绩也已经是过去时了。"黑衣君也一脸失望地说道。

"长野冬奥会后的规则调整对日本队的影响很大吗?"我问大叔。

"那是导致日本队状态低迷的导火索,但现在已经不重要了。"

"为什么呢?"

"今天的比赛你也看到了。日本队最后能取得这个成绩,多亏了葛西和冈部两位经验丰富的老将。他们都是规则调整之前的王牌选手。他们都能在新规则下取得不错的成绩,其他选手没有理由做不到。如果另外两位年轻选手能跳出和他们差不多的成绩,今天我们也能赢得一枚奖牌。"大叔看起来还是心有不甘。

我也觉得，也许不应该把所有问题都归咎于新规则。

也不需要看颁奖典礼了，我们决定尽快返回穿梭巴士上。在半路上，我们听到一阵巨大的声响，回头一看，原来是跳台附近正在燃放烟花。那里肯定正在举行一场盛大的颁奖典礼。

我们在巴士上睡了一大觉。大叔这时才说他膝盖处的暖贴太热了。

我们回到皮内罗洛的奥林匹克车站，在站台上等车时，我发现旁边的大叔看起来很眼熟。原来是昨天在冰壶场馆里，坐在前面喋喋不休讲解的那个大叔，他看起来十分沮丧。旁边的日本人对他说："真遗憾呐。"

那个大叔苦笑道："唉，没办法呀。"

旁边还有人在哭泣。我把这件事告诉了大叔和黑衣君。

"是吗，应该是冰壶比赛输了吧。"大叔颔首道，"上午日本队战胜意大利队时还是四胜四负，输赢未定，接下来就是对阵瑞士队了，看样子是日本队输了。"

"冰壶比赛也输了呀。"黑衣君沮丧地说，"这届冬奥会，什么时候才能轮到我们庆祝一番呢？"

大叔沉默了。我也不知该说什么。

我们离开皮内罗洛的奥林匹克车站,来到了波尔塔诺瓦车站。这里的厕所是收费的,居然要七十美分。我以为里面肯定很干净,可大叔从厕所里出来时还是怒气冲冲的,一问才知道原来这里的马桶上也残留着不少污物。

大叔今天一整天都在因厕所而发火。

由于大家都心情不佳,我们就回到了旅馆,拿出葡萄酒摆起了酒宴。白天在小摊上买的零食当下酒菜,包括在飞机上收到的红酒,我们一口气喝光了三瓶。仨人喝得酩酊大醉,然后倒头呼呼大睡。

21日,我们要去观看女子花样滑冰短节目的比赛。本来想去看自由滑比赛,可不出所料,我们根本买不到票。即便是对冬奥会不怎么感兴趣的人也会关注女子花样滑冰这样的项目,况且这是本届冬奥会日本有望获得奖牌的最后一个强项了。好在我们还可以观看短节目的比赛。

刚起来时仍有宿醉的不适感,我们晕乎乎地去吃早餐。这家旅馆的早餐还是那些:牛角面包等搭配奶酪、生火腿和水果,酸奶、咖啡等饮料可以随便喝。

刚坐下吃早餐,大叔就对黑衣君说了一句:"今天的比赛会怎么样呢?"

"我觉得主要还是看荒川[1]选手的表现吧。"黑衣君马上回答道,"村主[2]选手估计无缘奖牌。安藤美姬选手最多也就能得第八名吧。"

他预测的和大叔此次出发前所说的完全一样。

"我希望今天最好有两个人能进入前六名。"大叔说道。

"两个吗?"

"嗯。只有这样,日本队在花样滑冰比赛中才有希望逆转比赛局面。前两名肯定不会出现什么失误,所以我们可以争夺铜牌。争夺铜牌的选手水平要差一些,她们可能会过于关注奖牌而在比赛中出现失误。"

"可日本选手不也一样吗?"

"日本选手当然也一样了。除非她们能进入前六名,否则说什么都没用。"

"这样啊。"

---

1 日本花样滑冰运动员。在2004年世界花样滑冰锦标赛上,成为亚洲第四位女子单人滑世界冠军。
2 日本著名花样滑冰运动员。2006年夺得世锦赛亚军和都灵冬奥会第四名。

怪奇之梦

在目前我们看到的比赛中，日本选手们的比赛结果都令人十分遗憾。大叔只是不希望看到短节目的比赛结束时，日本队无缘奖牌的情况。后天就是自由滑的比赛了。我也希望在那之前能一直这样心存期待。

早餐过后，我们从阿斯蒂乘火车前往都灵的灵格托。不过，现在就去举行花样滑冰比赛的帕拉维拉体育馆还为时过早，因此我们出站后向与体育馆相反的方向走去。那里应该有一个叫奥托长廊的购物中心，我们想要去那里买点东西。

这次旅行，大叔忘了一件很重要的东西。他带了笔记本电脑，却没有带电源插头转换器。电池勉强撑到了昨天，现在电量就要耗尽了。

我们很快就找到了奥托长廊。入口处徘徊着一些穿着冬奥会工作服的人，在我们想要进入奥托长廊时，他们让我们绕到其他的入口。看来奥托长廊的部分区域已经被用作媒体中心了，还有一条通往速滑场馆的工作人员专用通道。

我们只不过是想进购物中心买东西，最终也不得不绕道走，多走了好远。我觉得这次去观看几场冬奥会比赛的路上都是如此，普通观众总是被迫绕远路。我真想质问一下主办方，到底把花钱买票来看比赛的人当成什么了？（虽说这次并不是我付钱。）

终于进了购物中心，我们发现了一家名为"土星"的电器店。店面很大，看样子应该有我们要买的电源插头转换器。我们询问漂亮的店员，她说电源插头转换器就在二楼。大叔终于松了一口气。

然而，我们去二楼找人再次询问时却被告知电源插头转换器已经售罄了。

"这种东西，怎么可能一下子就卖光了呢？"大叔十分疑惑。

"哈，是那群人干的好事吧。肯定是让媒体中心的各国驻站记者买走的。"黑衣君颔首道。

"原来是那群家伙干的。"大叔怒气冲冲地说，"可恶！不仅让我们走了那么多冤枉路，还买走了所有的转换器。"

大叔仍不死心，在店里转悠了一圈，最终找到一个苹果电脑展示样机的电源转换器，想单独买下它。他与女店员沟通了半天，可毫无疑问地被女店员拒绝了。想想也是，店员怎么可能卖给他呢。

没办法，我们只好去超市逛逛，买点吃的。花样滑冰

怪奇之梦

比赛结束就到晚上了,我们回到旅馆时肯定也没有吃饭的地方了。我们买了奶酪、零食和意大利风味的美食。估计这俩人今晚也得畅饮一番。

然后我们来到购物中心内一家类似快餐店的餐厅,我们要了份像速食食品一样的意大利烩饭和肉菜。饭菜看起来有些廉价,不过味道还不错。不经意间向旁边望去时,我还看到了在速滑中一举成名、隶属于汉堡牛排连锁餐厅Bikkuri-Donkey的及川佑选手。看到他我不禁神游起来:虽然夺得第四名已经很不错了,但他如果能再提高一个名次,他的人生肯定会变得更精彩。

吃完饭后,我们朝帕拉维拉体育馆走去。天气不算太冷,正适合散散步。

回想起来,到这里之后,这还是第一次在街头悠闲地散步。仔细瞧一瞧,这里的街道确实有着深厚的历史底蕴,充满了异国风情。

可能是因为这里是单行道,店铺的招牌大多是透明的。但对行人来说,可没有单行道、双行道之分,从相反的方向走过来,他们就会看到招牌上的字母呈现出一种镜像效果,也别有一番趣味。

道路两旁挤满了各种小店，乍一看很难看出都是卖什么商品的店，可能是因为我不懂意大利语吧。不过商店的橱窗摆设也很奇怪，各家就像商量好了一般，每个商店都装饰着与冬奥会有关的物品和海报。有些店里还炫耀般地摆放着传统式滑雪的器材。

"这个地方和传统式滑雪有什么渊源吗？"黑衣君不解地问。

"应该没什么关系吧。"大叔果断地回答道，"而且这里根本就没有雪山。我觉得可能是为了营造冬奥会的氛围而匆匆摆放的，因为鞋店和化妆品店的橱窗里摆放滑雪器材根本就没有意义嘛。"

"我明白了，这个地方也在以自己的方式积极营造热闹的冬奥会氛围。"

不一会儿，我们就看到了帕拉维拉体育馆。来自世界各地的观众正不断地拥向体育馆。人群中不时出现日本人的身影。这个项目比跳台滑雪更引人关注，观众多也不足为奇吧。而且，与跳台滑雪比赛相比，选手亲友团以外的观众可能也非常多。

我们走过一个滑冰鞋造型的绿植景观，看到一群人在那里走来走去，显然是日本电视台摄制组的工作人员。

他们四处张望着，似乎在寻找采访对象。一看到我们，他们便快步向这边走来。

"你好，请问你们是日本人吗？"

"是的。"大叔颇为冷淡地回答道。

"能为日本选手说两句加油鼓劲的话吗？"

哈哈。这个男子似乎没有觉察大叔的身份。而大叔因为之前在飞机上空姐主动和他攀谈，觉得自己已经是个名人了，此刻看起来有点受伤。

大叔没搭理他，径直走了过去。对方也没有纠缠不休。

"一到花样滑冰的比赛，日本媒体果然也多了不少。这些人估计也想制作一些给选手加油鼓劲的节目吧。我才不会被他们利用呢。"人叔恨恨地说。他肯定非常懊恼，这些人居然都没有认出他的身份。

"刚才那个，是TBS电视台的吧。"黑衣君说道。

"哎，TBS？真的吗？"大叔惊讶地问道。

"我想应该是的，之前见过那个标志。"

"这样啊，TBS啊……"大叔若有所思地说道，"早知道是这样，刚才我稍微配合他们一下就好了。"

"为什么？"

"TBS现在正在播出《白夜行》吧。我可以佯装给花样滑冰选手加油打气，借机为这部剧做宣传呀。这部剧的收视率好像不太理想。"

他这都在想什么呢？

"那我们要回去和他们商量一下吗？"黑衣君疑惑地问道。

"不，不用啦。我有点不好意思。"

不只是"有点"吧，应该是非常不好意思才对吧。我真不知道他脑袋里都在想什么。就算他真的接受采访，为剧做了宣传，这部分和花样滑冰又没有关系，肯定会被剪掉的。

按规定经过安检后，我们进入了体育馆。观众席设计成了圆钵状，这能让人联想起美式足球的赛场。我们的座位在楼梯尽头最上面的那一列。要是一打盹，身子向前倾的话，我们可能就会直接从楼梯上滚下去了，有点吓人。不过，这里能纵览整个赛场，换个角度想想，这样的座位也不错。

真不愧是人气很高的比赛项目，现场的啦啦队气氛也比之前观看的所有比赛的都要热烈。到处都能看到巨大的日本国旗，这让我真切地感受到在这个比赛项目上，日本具有一流国家的实力，内心感到无比自豪。

我们找到座位时，场上还空着很多座位。但随着比赛临近，场上几乎是座无虚席。看到这一场景，我终于理解了要买到花样滑冰项目的票确实非常不容易。尽管很遗憾没能买到自由滑项目的门票，但我也想开了，确实没有办法。

不过，之前看跳台滑雪比赛的时候我就一直很疑惑，外国人为何会把座位搞错呢？场内到处都能听到争执声。

"喂，这个座位是我的。"

"啊？那我的座位在哪儿？"

"给我看看你的票，你看，你弄错了吧。你的座位是前面那一个。"

"可那里坐着一位金发阿姨呐。"

"奇怪！喂，这位阿姨，让我看看你的票。哎，不对呀，阿姨你的座位在这个的后面。那我就没座位了，我的座位又在哪儿？"

就这样，每次新的观众入场，就导致大片的观众为了更换座位而移动。其实只要把台阶号和座位号核对清楚就行了，怎么他们会搞得这么麻烦呢？我真是无法理解。

"这些人是傻子吗？难道看不懂数字吗？"大叔出言不逊。

不过，日本的剧院或棒球场里确实几乎没出现过这样的场景。也许是日本人对这种事情都比较谨慎吧。或者说外国人都是这么稀里糊涂的。

就这样，比赛马上要开始了。根据选手出场名单来看，日本队的三名女选手好像都是下半场出场。比赛时，每五六个人一组，每组结束的间隙会进行冰面修整和选手热身。

第一组先出场了。我还在想为什么美国的啦啦队这就开始沸腾了，原来第二个出场的是全美选拔赛排名第二的选手金米·梅斯纳尔[1]。

没想到梅斯纳尔选手一下子就得了高分。她的比赛表现得分尤其高，好像是她的个人最好成绩。当然，具体的技术方面，我们都不太懂。唯一能懂的是，现场观众席的

---

[1] 美国著名花样滑冰运动员。

气氛格外热烈,尤其是那些美国人。"美国!美国!"的高呼声在这里此起彼伏。

"喂,裁判们会被观众席上的欢呼声影响吧?"大叔似乎和我有同感。

随后,选手们依次出场。比赛过程中若是出现了重大失误,我们都还能看出来。但选手们的表现比较平稳的话,我们完全不知道她们的表现水平如何。即使我们认为这个选手滑得不错的,可最终比赛表现得分却非常低。因此,梅斯纳尔一直保持领先。

选手的技术水平有高有低,其中一些选手显然已经很难晋级到自由滑项目的比赛了。当这些选手出现失误时,观众们不分国界,都会为她们送上鼓励的掌声。如果选手的得分过低,观众们则会发出嘘声以示对裁判的不满。我觉得这些场面都非常暖心。

"这个嘛,不太好说吧。"大叔却有些质疑,"给低分选手送去鼓励的掌声或发出嘘声以示对裁判的不满,只不过是一种事不关己的旁观者心态吧。梅斯纳尔目前虽然仍保持领先,但若是出现有可能威胁到她的选手,我不信美国人还能这么好心。他们肯定在心里默默祈祷竞争对手快出现失误。"

"你这想法可真阴暗啊。"

"我只不过是实话实说而已。"

第三组的选手们开始热身了。安藤美姬选手也在其中。美姬的比赛服主色调是黑色,非常素雅。大叔拿过黑衣君的双筒望远镜,一个劲地盯着她看。

"嗯……"

"你在嘀咕什么呢?"

"在众多身材纤细的选手中,美姬的身材还是挺丰满的。难怪她这么受欢迎,这可不是花样滑冰选手中常见的体形哟。"

好吧,我理解大叔这是在夸她,但这话对花样滑冰选手来说可不是什么好话。

正说着,第三组的比赛开始了。轮到我们的美姬出场了,我们都紧张地看着她。

"拜托千万不要摔倒。"大叔说道,双手在胸前紧握着。

在我们的默默祈祷中,美姬开始了组合跳跃动作。然而,她在第二跳落至冰面时突然身体失去了平衡,我们都吓了一跳,还好她勉强用手撑在冰面上,没有摔倒。我们都长舒了一口气,但她刚才这一下肯定是会扣分的。

尽管如此,美姬并没有放慢速度,仍然轻松舒展地滑行着,披散的头发也随风翩翩起舞。虽然在最后的旋转中出现了些意外,由于过于用力,她在滑行中因太靠近围挡而撞到了自己的手。但她在整个比赛过程中一直保持着轻松畅快的状态。

受这两次失误的影响,美姬没能追上排在首位的梅斯纳尔。我们都有些失望。

"唉,没办法。照我们之前的预测,安藤也不过是三号种子选手。所以,我们还是期待后面两位选手的表现吧。"大叔又打起精神来。

荒川静香选手将在下一组出场。在此之前,我们要先看世界冠军级选手伊瑞娜·斯鲁茨卡娅[1]的表现。

从热身的状态来看,荒川选手看起来非常沉稳。她还表演了一个Y字平衡的动作,身材高挑的她完成得优雅又标准。

比赛正式开始了,身着裤装的斯鲁茨卡娅出场了,她

---

[1] 俄罗斯女子花样滑冰运动员,在十年的运动生涯中曾多次获得世锦赛金牌、欧锦赛金牌、奥运会金牌等。

果然实力非凡。就连外行人也能感受到她滑行时的速度和跳跃时的平稳。她的旋转动作也令人惊叹，优美而流畅。

她的表演一结束，潮水般的掌声淹没了全场。不仅是俄罗斯的啦啦队，连美国人和意大利人都在为她鼓掌。大叔也是一脸敬佩地拍着手。

不出所料，她的分数非常高，超过了排在首位的梅斯纳尔。"太厉害了。想要超过她，非常难吧。"黑衣君早早地认输了。

另外两个选手表演结束之后，终于轮到荒川静香出场了。就连国外媒体都预测荒川选手有望获得一枚奖牌。我希望结果与他们预测的一样。

随着音乐《幻想即兴曲》响起，荒川选手开始慢慢滑行。开场的组合跳跃不禁让人屏住了呼吸，我们默默祈祷她千万别出现失误。只见她顺利地完成了三周跳和两周跳，我们终于松了一口气。

此后，她也没有出现明显的失误。热身时表演的Y字平衡动作也完成得非常出色。即使随后松开支撑冰刀的双手，她也仍然保持着柔和优美的姿势，贝尔曼旋转动作也做得相当完美。

观众给她的掌声丝毫不亚于给斯鲁茨卡娅的。我们盯着电子大屏，最终她仅以零点六八分之差屈居第二位。

"真可惜，不过，她已经很厉害了。"大叔略带兴奋地说，"这点分差可以忽略不计。"

最后一组出场了，接下来我们就静待村主章枝选手的表现了。不过，这一组有两个强劲的对手，分别是世锦赛亚军——美国选手萨莎·科恩，世锦赛季军——意大利选手卡罗琳娜·科斯特纳。

村主选手率先出场。黑衣君说他不喜欢她露出那种喜极而泣的表情。

"不是挺好的吗？"大叔辩解道，"那也是一种风格，有些裁判还就喜欢这样的风格呢。"

"啊，是这样吗？"很少反驳大叔的黑衣君，此时却不太能接受这种说法。

再来看村主选手的表现。在外行人看来，整体上没有出现什么失误。跳跃动作很平稳，舞步也很绚烂，赏心悦目。最后她也展现了大叔所说的"喜极而泣的风格"。

她的得分仅次于斯鲁茨卡娅和荒川，表现相当不错。

虽然我们是在为村主获得高分而高兴地欢呼，但在村主的得分公布之前，全场的气氛已经空前高涨起来了——原来是下一位出场的意大利选手科斯特纳出现在冰面上了。虽说是为了节省时间不得已而为之，但这个出场时机真是欠妥。

在异常热烈的气氛中，科斯特纳选手开始了她的表演。我想这气氛肯定会给她带来不小的压力，果不其然，她在一开始的组合跳跃中就摔倒了。

赛场内响起阵阵惊呼声。坐在我前面的阿姨一脸绝望地转过头，不想再看接下来的比赛，看起来真是受到了不小的打击。

科斯特纳选手奋力坚持滑行到了最后，赢得了满场观众的喝彩，但她的表情仍然很僵硬。最终她得分不高，排名到了第十位，如此一来，已经是夺牌无望了。

就在场上仍然为科斯特纳叹息时，美国选手科恩终于出场了。一直在鼓掌同情科斯特纳的美国啦啦队，此时开始不遗余力地为科恩加油助威。

科恩选手身材瘦小，在热身时甚至差点被误认为是村主选手。只见她小小的身躯一会儿飞跃，一会儿跳起，一会儿旋转，一会儿又翩翩起舞，滑行就更不用说了，始终吸引着场内观众的视线。就活力而言，她无疑是所有花样滑冰选手中最出色的，最后一个旋转动作更是赢得了全场暴风雨般的掌声。

"实在是太棒了！"黑衣君也激动地拍手道。

"嗯，她可是个强劲的对手。我们很难赢她吧。"

我们都觉得她的得分一定很高。电子大屏上很快就显示出了得分，果然不出所料，她跃居到了首位。美国啦啦队顿时欢呼雀跃起来。

"不过，分差并不大。"大叔冷静地说道。

原来如此，虽说暂居首位，但是与第二位的斯鲁茨卡娅选手仅差零点零三分，与荒川静香选手也只差零点七一分而已。

"这下可不得了，真不知道最终结果如何。"

"日本队分别位居第三、四位，这符合东野先生提过的日本队获奖牌的条件吧。"

"嗯，终于有种真正能获得奖牌的感觉了。"

比赛结果比预想的还好，我们心满意足地离开了体育馆。出租车就在馆外等着我们。司机还是那个会说些蹩脚英语的保罗。

保罗询问比赛的结果。

我告诉他排在第三、四位的都是日本队选手，可他又追问我："那俄罗斯队呢？"

"第二。"

"哎，俄罗斯选手排第二吗？"

"意大利选手排第十一位。"

"我不关心意大利。哎，俄罗斯排第二吗？"他扭过头来说道。

也许他是斯鲁茨卡娅选手的粉丝吧。像她这样优秀的选手，能收获其他国家的粉丝支持也不足为奇。如此说来，比赛时也有许多别国的观众为荒川和村主加油呢。

"荒川选手能获得奖牌吗？"黑衣君问大叔。

"就算得金牌比较难，也能冲击一下银牌吧。我觉得差不多能得个银牌或者铜牌。"

"她能超过前面的两位选手吗？"

"我觉得，斯鲁茨卡娅可能会在自由滑项目中摔倒。"

听到大叔的话，我和黑衣君都惊讶地异口同声道："这怎么可能呢？"

"花样滑冰就是这样，你永远不知道会发生什么。在我

怪奇之梦

的印象里，一般短节目项目比赛排名第二的选手，大部分都会因太过紧张而失败，很少能逆袭夺得第一。斯鲁茨卡娅选手在盐湖城冬奥会短节目比赛结束时也排名第二。当时在比赛中她一心想要逆转局面，却因身体失去平衡而出现了失误，最终输给了短节目项目中排名第四的休斯选手。说不准这次同样的噩梦还会降临到她头上呢。"

大叔在毫无依据的情况下居然就做出了这种不祥甚至可以说是充满恶意的预测，斯鲁茨卡娅的粉丝们听了一定会勃然大怒，因为他这话听起来根本就不是预测，而是他的期望。

"不管怎样，我们终于能获得一枚期盼已久的奖牌了。"一旁的黑衣君也开心地说道。

"正是。我倒是希望能得两枚。你说，能得银牌、铜牌和只得一枚金牌，你更希望出现哪种结果？"

"那当然是得金牌了。"

"是啊，能夺得女子花样滑冰金牌可是件了不起的事。伊藤绿[1]选手已经获得过银牌。荒川选手这次要真是得了金

---

[1] 日本著名花样滑冰运动员，在1992年阿尔贝维尔冬奥会上获得了女子花样滑冰项目的银牌。

牌，那实在是太好了。"

"整个日本都会为之轰动的。"

此时，我们完全不知道两天后会发生什么，只是像说梦话一样，异想天开地畅聊着。

我们回到旅馆时，已经是第二天凌晨。尽管如此，为了庆祝昨天的好结果，大叔他们仍然开了一瓶酒。可真是的。

22日早上五点半，出租车来到旅馆外接我们。司机还是那个保罗。

这天我们要去观看单板滑雪平行大回转项目的比赛。比赛场地在巴尔多内恰滑雪场，距离旅馆大约二百公里。

"都说过好几遍了，为什么比赛场地都那么远啊！"大叔抱怨道，"国际奥委会明知道观众看个比赛要走很远，也要选择都灵吗？究竟是什么情况呀？"

他气冲冲地向黑衣君抱怨这些，黑衣君也不知如何是好，只是含含糊糊地应承着。

这二百公里的路程，保罗一直开得很顺畅。一看仪表盘，时速竟然超过了一百四十公里。

他说:"我以前是拉力赛车手。我非常喜欢开车。"在途中停靠的一家咖啡吧,他边喝卡布奇诺边说。

"我也喜欢日本车。丰田、铃木和本田,都很不错。"

接着,保罗哼着歌继续开车。一个劲地用力踩油门加速,如果前面有车慢了一点,他就会毫不犹豫地超过去。

也多亏了他这种有些鲁莽的驾驶方式,我们比原计划提前到达巴多内基亚小镇。不过,从这里还得换乘穿梭巴士。从这里开始,我们就不能再乘坐出租车了。

大叔他们在车上就开始往身上套御寒衣物。的确,天气看起来非常冷。

说起今天的单板滑雪平行大回转项目比赛,日本队只有鹤冈剑太郎选手一人参加。遗憾的是,他似乎还没有达到获得奖牌的水平。即便如此,我们也要去观看比赛,这都是因为大叔热衷于单板滑雪。

"我好不容易跑到冬奥会现场来观看比赛,要是一场单板滑雪比赛都不看的话,那怎么行。"

为了满足大叔的任性要求,黑衣君提议来看今天的这场比赛。我们还非常想看U型场地技巧项目和新增的单板滑雪障碍追逐项目的比赛,可我们到都灵的时候,这两个项目都已经结束了。

因错过U型场地技巧项目比赛而沮丧的大叔,在电视上看到单板滑雪障碍追逐项目比赛时仍然很高兴,尽管日本队的千村选手在四分之一决赛中摔倒了。

"这些都没关系。"他说,"在单板滑雪障碍追逐项目比赛中,摔倒是常有的事。选手如果怕摔,就无法战胜实力强劲的选手。千村选手能在决赛淘汰赛的第一轮中获得第二名,也是因为不怕摔倒,能放手一搏吧。更让我高兴的是,这个项目和我想象的一样有趣。哎呀,我早就知道这个项目很有趣,现在看了比赛就可以向大家推荐了。我认为在下一届冬奥会上,单板滑雪障碍追逐项目的人气肯定不会输给U型场地技巧项目的。"

一说到单板滑雪,大叔就非常起劲。我可以保证,大叔打心眼里希望日本单板滑雪队能顽强拼搏,取得好成绩。有志从事单板滑雪项目的各位,请一定要在大叔有生之年赢得一枚单板滑雪金牌。

话题好像扯得有点远了,总之这就是我们观看今天这场比赛的原因。

在我们坐在巴士里等待出发时,有几个日本人上了车。

这让我们很惊讶,我们还以为今天不会有其他日本人来观看比赛呢。

他们好像是鹤冈选手的家人。与花样滑冰和跳台滑雪不同,这个项目没有日本啦啦队,他们在这种情况下为鹤冈选手加油打气一定会很孤单、很落寞吧。我心想,我们来看这场比赛也挺好的。

我们到达赛场时,离比赛开始还有很长时间。一早没吃饭就出发了,现在我们都饿得够呛。这里也建了一个临时餐厅,我们决定过去看看。

餐厅里面空荡荡的,一群不知是哪个国家的人正喝着白葡萄酒,有说有笑的。看到这场景,大叔一脸羡慕地提议道:"我们也喝一杯吧。"

在这里就餐需要先购买餐券。然而这个就餐系统并不怎么好用,我们只出示餐券的话,上菜的店员阿姨并不清楚我们点了什么,而且她完全不会说英语。经过一番交涉,我们终于拿到了所点的蔬菜拼盘和白葡萄酒。

酒足饭饱后,我们略带醉意地向观众席走去。赛道就在我们正前方。

平行大回转项目是两名选手同时在两条并行赛道上滑

行的比赛。不用说，自然是先滑到终点的选手获胜。但由于赛道不同，比赛过程中会存在一些影响比赛结果的不利因素，因此选手在比赛时还会互换赛道，进行第二轮比赛。在这种情况下，在第一轮比赛中输掉的选手需要根据第一轮的时间差延迟出发。也就是说，在第二轮比赛中率先到达终点的选手才是真正的获胜者。就这样以一对一的比赛方式，通过四分之一决赛、半决赛和决赛，最终决出冠军。

不过，只有决赛会进行这种对抗滑行比赛。选手们首先要在预赛中先后滑过两条赛道，根据两次完成的时间之和进行排名，只有前十六名选手才有资格晋级决赛。比赛终于开始了，选手们两人一组从赛道上滑下。不过正如刚才介绍的，此时并不是选手之间相互竞争，而是计算完成比赛的时间。

今天这天气十分晴朗，万里无云。天空如盛夏一般湛蓝，阳光也如盛夏一般炙热。

可能是因为刚才在巴士上穿得太多了，大叔嚷嚷着热，便开始脱外套。他上身只穿了一件长 T 恤，但下身还穿着厚厚的外裤。

"我们下身在背阴处，对吧，照不到阳光的话，会觉得非常冷。"

显然,有阳光的地方和背阴处的温差非常大。为了表明这一点,大叔不愿摘下头上的针织帽。看样子摘下帽子会更热。

选手们依次从赛道上滑下。现在轮到鹤冈选手出场了。我们都向前探着身子,翘首以盼。

鹤冈选手在前半段一直滑得很顺畅。但滑到中间赛段时,却受赛道雪面突起的影响,耽误了不少时间。我们不禁叹了口气。

鹤冈选手的亲友们坐在比我们高一点的座位上观看比赛。第一轮滑行结束他们看起来有些失望,但我看到他们的脸上还有笑容,也就放心了。

"要是日本选手在这个项目中取得好成绩,吉田美和他们一定会非常高兴吧。"大叔嘟囔道。

"为什么'美梦成真组合'的主唱会高兴呢?"

"不是那个歌手的吉田美和。我说的是教我单板滑雪的稻川和吉田夫妇,那个夫人也叫吉田美和。"

据大叔说,他们夫妇俩一边在妙高的赤仓经营旅馆,一边做滑雪示范教练,制作一些教学视频,积极致力于单板滑雪运动的普及。大叔第一次见到两人是在山形的月山，当时在那里向稻川教练学习了如何应对颠簸的斜坡，这是稻川的强项。

"吉田美和多年来一直是高山板[1]滑雪的示范教练，正努力重振日渐衰落的高山板滑雪运动。"

"高山板滑雪？"

"单板滑雪的滑雪板分为两种。U型场地技巧项目比赛中使用的是自由式滑雪板。但在像今天我们观看的平行大回转项目比赛中，选手使用的是高山板。自由式滑雪板适合完成飞行、跳跃等技巧动作，高山板则适合快速滑行。有趣的是，在单板滑雪障碍追逐项目中，这两种滑雪板都有选手在使用。或注重操纵性，或注重速度，选手们的侧重点各不相同。在这场比赛中，金牌得主使用的是自由式滑雪板，银牌得主使用的则是高山板。在金牌得主到达终点时，两人的距离只差几十厘米，因此单板滑雪障碍追逐项目中使用哪种滑雪板更有优势，并没有定论。"

说到单板滑雪，大叔可以滔滔不绝地讲很久。

---

1 英语为 alpine board，也被称为速降式单板。

"现在我明白了滑雪板有两种。那么,高山板现在不那么流行了吗?"

"嗯,是这样的。在滑雪场,大多数人都喜欢自由式滑雪板,其中也包括我。高山板使用的人越来越少,许多大牌厂商都不再生产这种滑雪板了。

"为什么会这样呢?"

"概括来说就是大家平常自娱自乐的话,自由式滑雪板就足够了,不仅容易学会,随着滑雪板的升级,滑行速度也有所提升。不过高山板也有其独特的优势,它的衰落也让人觉得可惜。"

"那么,大叔你也用高山板呗。"

"当然,吉田美和也推荐我使用高山板。"他面露苦涩地说道,"她还送我了一块滑雪板和一双滑雪靴呢,不用肯定不行。哎,不过我还和木村公宣先生约好了一起去滑雪。真是分身无术啊。"

"抱歉,打断一下。"一旁的黑衣君开口道。

"您可以尽情享受单板滑雪。尝试一下高山板滑雪或双板滑雪也都没有问题。但在此之前,请您把稿子……"

"我知道。"大叔生气地回答道。

就在我们谈论这些的时候，比赛进入了第二轮。来自瑞士、法国和奥地利的选手似乎都滑出了不错的成绩。每次他们冲过终点，啦啦队就会敲着铃欢呼起来。而且这里最吵的还是美国人那边，美国选手好像都有粉丝俱乐部——他们一直反复地喊着"美国！美国！"。我们听得耳朵都快起茧子了。

在这期间，鹤冈选手在第二轮出场了。也许是意识到自己在第一轮比赛中出现了失误，这一轮他有些放手一搏的感觉，飞跃的幅度很大。结果，他在终点前失去了平衡，虽然堪堪稳住身体，没有摔倒，却多花了一些时间才到达终点。唉，这也是没办法的事。

在计时排名的预赛中，来自瑞士的兄弟俩一马当先。其他排名靠前的也全是瑞士选手。接下来就看法国、奥地利和美国的选手表现如何了。

遗憾的是，鹤冈选手最终未能进入决赛。

"但如果他没有参赛，我们也不会来观看这场比赛了。从这个意义上说，我很感谢他能拼尽全力参加比赛。"大叔双臂环胸，颔首说道，仿佛在说服自己。

离决赛还有一段时间，大叔他们又回到刚才那个餐厅，喝起了啤酒。

"接下来怎么安排呢？鹤冈选手已经被淘汰了。"黑衣君问道。

"来都来了，我们就把比赛看完吧。接下来应该很有意思，因为决赛是一对一的对抗式滑行。各国啦啦队为本国选手摇旗呐喊的场面也值得一看。"

在决赛中，十六名选手将根据预赛成绩分组对决。前面也提到过，通过两轮比赛决出胜负。

首先决出八强，然后决出四强，揭晓胜负。与此同时，输了的选手之间还要继续进行比赛，决出名次。这多少有点无聊，感觉啦啦队也趁机偃旗息鼓，休息了一会儿。

阳光越来越强烈，我也有些头昏脑涨的。为了遮阳，黑衣君头上严严实实地扣着防风帽，甚至戴上了滑雪护目镜，但他坐在那里，已经昏昏欲睡。

"这个项目的比赛安排得真糟糕。"大叔嘟囔道。

"怎么了？"

"黑衣君都快睡着了吧。"

"是啊。"

"实际上我也很困。"

"因为现在很暖和吧。早上出发得又那么早,你们还喝了啤酒。"

"不仅如此,这个项目的比赛本身也存在问题。"

"是吗?"

"本来两轮比赛决胜负就让人心情有些烦躁。要是连续进行比赛倒还好,但中间还穿插着其他的比赛,选手很难一直保持适度紧张的状态。"

"但要想消除不同赛道导致的成绩差异,选手只能进行两轮比赛呀。"

"是这样。但我觉得这样一来,设置成两人对抗的形式就没有意义了。像高山单板滑雪项目那样单人进行,大家都滑同一条赛道不是更简单吗?"

"可能是觉得对抗式比赛更有意思吧。"

"也许是这样吧。不过在并行的赛道上滑行来决出胜负,这种方法本身就有问题吧。选手知道是在和对手竞争,但想要获胜却只能缩短自己的时间,根本没法运用什么战术策略。即便是有,观众也不太明白。"

"那你的意思是让两人在同一条赛道上滑行?"

"这样就是一局定胜负了,不就更有比赛氛围了吗?"

"两个人在同一条赛道……"刚说完我就意识到了,"那不就是单板滑雪障碍追逐项目吗?"

"没错。单板滑雪障碍追逐项目比赛也是在同一条赛道上进行的,而且是四个选手。这样选手自然就需要考虑比赛战术了,比赛过程中还会有一些身体接触。不仅选手之间的竞争进入白热化,场外的啦啦队肯定也会更加激动。这次很多人都说看单板滑雪障碍追逐项目的比赛非常有意思。既然单板滑雪障碍追逐项目已经成为正式比赛项目,现在再看平行大回转项目,你不觉得它就像个休闲放松的游戏吗?"

我"嗯"了一声,然后回答道:"或许是吧。"

"所以我才说这个项目的比赛安排得真糟糕。再这样下去,这个项目都可能会被冬奥会淘汰。不应该拘泥于这种对抗式比赛的形式,平行大回转项目最好借鉴一下高山滑雪项目。竞技高山单板滑雪回转技术的比赛项目,必须要保留下来啊。"

旁边的黑衣君还在舒舒服服地打着盹。一位法国媒体的摄影师发现了他,并饶有兴致地拍下了他的照片。拍这样的照片到底能干什么用呢?

进入决赛的是来自瑞士的舒赫兄弟[1],这样瑞士队就包揽了这个项目的金、银牌。

"真没劲。我还想看金牌争夺战中各国啦啦队争相加油助威的热闹场面呢。现在只能等着看铜牌争夺战的热闹了。"大叔这样说道。

然而在季军争夺战的第一轮比赛中,法国选手不幸摔倒,直接中途退赛了。这样就不用进行第二轮比赛,奥地利选手直接获得了铜牌。刚才还开心地拍摄黑衣君的法国媒体的摄影师也一脸失望地离开了。

"怎么回事呀?真扫兴。没办法,我们也走吧。"

"您不看决赛了吗?"睡眼蒙眬的黑衣君问道。

"算了吧。再磨蹭下去就赶不上穿梭巴士了。"

我们坐巴士回到巴多内基亚小镇,然后转乘火车。火车上印着雪橇运动员的大幅照片。到处都在积极营造冬奥会的氛围。

中途在波尔塔诺瓦车站换乘后,我们到达了阿斯蒂车

---

[1] 瑞士滑雪运动员,菲利普·舒赫和西蒙·舒赫,二人分别获得都灵冬奥会此项目的冠亚军。

站。曼奴拉正在等我们。今晚我们要与阿斯蒂旅游局的人见面。

明天没有观看比赛的计划,大叔他们想去滑雪场享受一下单板滑雪的乐趣。我们来到旅游局,听旅游局给我们介绍了一个地方,叫克拉维埃。

双方见面后,我们决定找个地方喝一杯,就被他们带到一家名为爱诺特卡的餐厅。在那里我们品尝了一道叫作生肉挞的菜肴,要用勺子盛上切碎的生肉一口吃下。据说这是阿斯蒂的名菜,确实味道不错。

这家餐厅的地下室有一个葡萄酒窖,几百年前曾是修道士们的住处。当时这里还有地下通道,连接城里所有的教堂。

当我们回到餐厅时,摄影师还来给我们拍了照。当时我以为只是拍一张纪念照片,没想到几天后却刊登在了意大利报纸《LA STAMPA》上,这让我们大吃一惊。

23日,一大早我就被电视吵醒了。肯定是大叔在看电视,但我仔细一听才发现声音居然是日语的。我觉得很奇怪,走过去一瞧,看到大叔正在用电脑看DVD。当我发现外盒包装上的《大和抚子》[1]时，我惊讶得差点没当场晕倒。

"你居然带了这个？"

"因为在这里打开电视看，我也听不懂。要是英语的还好，可这都是意大利语的节目。"

"别装模作样了。你的英语也不怎么样啊。"

"哎呀，总之我觉得自己肯定会想看日语节目，就带过来了。"

"那为什么要带《大和抚子》？"

"因为这个剧比较轻松，看着不会累。出国旅行会让人压力倍增。"

"随便你啦，不过你的笔记本电脑不是快没电了吗？"

"我从黑衣君那里借了一个手机充电器的转换器，连上一看还真管用。要是一开始就这么做就好了。"

"黑衣君把转换器借给你是想让你写稿子吧，你却悠闲地看起了DVD，这样好吗？"

"你好烦啊。今天我要彻底地放松休息一下。我还要去单板滑雪呢。"

---

1 别名《大和拜金女》，是日本的爱情类电视剧。

"你还真要去啊。我要待在这里。我还想在电视上看女子花样滑冰自由滑项目的比赛呢。"

"这样啊,不过晚上我要去木村公宣先生下榻的酒店,约好了今天要和他一起吃饭。"

"啊,是这样呀。那我只好一起去了。我还想问候一下他呢。"

"你有什么可问候的。我看你就是想蹭顿大餐吧。要去的话,你就赶快去准备吧。"

上午十点,还是保罗来接我们。他用意大利语向我问候早安。今天的行程全都用他的车,像是租车一样。这样我们也比较轻松,他也能赚点外快。

我们现在要前往昨天阿斯蒂旅游局提到的克拉维埃滑雪场,果然到那里也要二百多公里。我想保罗开车肯定很辛苦,但他似乎乐在其中。他开车还是像之前那样鲁莽。就算对面车道有车过来,他也毫不犹豫地一口气超了三辆车。看到这一场景,我不禁把脚绷得紧紧的。而他本人却轻松地哼唱着歌,还说:"我是个司机,是个疯狂的司机。"

我们在一个叫塞斯特里埃的小镇顺路接了一位名叫保

拉的女士,她的名字容易让人和保罗的名字混淆。她是曼奴拉的朋友,来帮我们租借滑雪板的。

昨天他们说保拉会说英语,但实际上她的英语水平还不及保罗的一半。我们只能借助大叔的《手指旅游会话书》与她交流,总算把意思和她说清楚了。

不久,我们到达克拉维埃。保罗先去了一家滑雪板租借店询问。然而,走进店里时,我们发现店长说着一口流利的英语。他说的英语通俗易懂,连大叔都能听懂。我们顺利地租到了滑雪靴和滑雪板。说实话,我觉得保拉女士根本没必要来。

我听说欧洲租借的滑雪器材和日本的不同,虽然比较旧,但保养得很好。然而实际上这里的滑雪板没有打蜡,边缘也没有修整,即便是想客套两句,也没法夸这个滑雪板质量好。而且,滑雪板的固定器也左右颠倒了。

"嗯……就这样吧。我也没想过要在这里滑得多么尽兴,能玩一玩就行了。"对滑雪器材非常挑剔的大叔似乎已经放弃了,如此说道。

听说这里的滑雪场基本上没有禁滑区,无论是爬山索道下面,还是森林里,都是可以自由地滑行的。滑雪场

怪奇之梦

大概认为滑雪者虽然可能会受伤，但应该是自己来判断风险吧。

"这样大家就要对自己的行为负责，也许反而更安全了。"大叔边乘着索道往上走，边说道。

"那日本的滑雪场也这样做就好了。"

"万事都是开头最重要，具有决定性意义。刚开始建滑雪场时，经营者就已经区分出滑雪区域和禁滑区域了，这样滑雪者一开始就没有机会去判断哪些地方是安全的，哪些地方是危险的。之后双板滑雪和单板滑雪开始普及起来了，如今再想改变已经很难了。"

"您的意思是滑雪者现在被过度保护了？"黑衣君说。

"就是这么回事。总有一些年轻人没有危险意识，出于好奇跑去禁滑区域滑雪，结果出了事。这又使滑雪场经营者不得不继续严加管理，形成了一种恶性循环。"

克拉维埃滑雪场的雪道坡度都比较缓，而且十分宽阔，滑起来感觉很不错。只不过大多是人造雪，雪的质量很一般。乘坐索道到达山顶时，我们可以看到意大利与法国交界的国界碑。在这里让人有一种在国外滑雪的感觉，心情十分愉悦。

观察来这里滑雪的人就会发现大家来自不同的种族。他们或许和我们一样，都是在观看比赛之余来这里玩一玩。而且我看到有很多人穿着冬奥会工作人员的外套滑雪，不禁担心起来，他们这副装扮在这里滑雪合适吗？

滑了差不多两个小时后，我们回到了保罗的车上。他问我们累不累。我和黑衣君都累了，但大叔似乎还没有滑尽兴。

此时刚过了下午三点。虽然我们和木村先生约好了七点钟才见面，但我们还是决定先从滑雪场出发。

木村先生住在塞萨纳镇的夏波顿酒店，而塞萨纳镇就在克拉维埃滑雪场的附近。我们开车不到二十分钟就到了，这时还不到四点呢。

"真头疼啊，我们到得这么早，接下来去干什么呢？"

"我们给木村先生打个电话吧。"黑衣君拿出手机说道。

一打电话，我们得知木村先生原来就待在酒店的房间里。我们在酒店大堂里等了一会儿，就看见身穿运动服的木村先生来了。

木村公宣先生曾连续参加阿尔贝维尔、利勒哈默尔、长野和盐湖城四届冬奥会，这可谓日本高山滑雪界史上的第一个壮举。不过,这一次他是以 NHK 电视台解说员的身份来都灵的。

"这次在感觉上和以前完全不一样了吧?"大叔问他。

"是啊。以前一提起冬奥会,总觉着自己要去参加比赛。而这次我还在想'我真的不用参加比赛了吗?'。"

连续参加了四届冬奥会比赛的人,肯定会有这种感觉。

"不过,这次我以不同的身份参加冬奥会,就会发现身为选手时没有注意到的东西,这也是一种收获。身为选手,我只会考虑自己的事情。"

"只不过……"木村先生说到这里,狡黠一笑。

"昨天看到奥莫特[1],我就在想,我也还能继续比赛吧。他和我是同一代人,他都已经拿了那么多金牌,但仍然与年轻选手同场竞技,在赛道上放手拼搏,这次又赢得了一枚奖牌。看到他,我深受感动和鼓舞,甚至都有点后悔自己这么早就退役了。"

前一天,挪威选手克雷蒂尔·安德雷·奥莫特在本届冬奥会上再一次获得了男子超级大回转项目的冠军。他比

---

[1] 挪威著名滑雪运动员,是第一位夺得七枚高山滑雪奖牌的运动员。

怪奇之梦

夢はトリノをかけめぐる

木村先生还小一岁呢。

亲眼见证了这些选手的表现，作为曾经的顶尖运动员，木村先生无疑会感到热血沸腾，激动万分。

"您如何看待日本选手在本届奥运会上的表现呢？选手没能如大家期待的那样获得奖牌，大家都感到非常失望。"

面对大叔的提问，木村先生抱着胳膊沉思。

"大家看冬奥会比赛总是会关注奖牌，在冬奥会上获得奖牌固然了不起，但这并不是一件容易的事情。如果能理解这一点，再回头看这次日本选手的成绩，大家应该会觉得他们并没有那么差。"

木村先生冷静地说道，让人感觉他很客观，并没有一味地袒护日本选手。

"不过，今天我们将告别没有奖牌的情况了，因为女子花样滑冰选手会为日本赢得奖牌。"木村先生笑着说道，然后他压低了声音，"但高山滑雪队中有个人说，花样滑冰项目赢不了奖牌也不要紧，他想成为第一个赢得奖牌的人。"

"是佐佐木明选手吧？他确实有望夺牌。"大叔也笑着说道，"木村先生，您觉得男子大回转项目的情况如何？"

"这个比赛现在还是挺有看头的。高山滑雪项目根据世界杯比赛的成绩选出了排名前十五名的选手,他们会优先滑行,而这其中就有两位日本选手。"

"您是说除了佐佐木明选手之外,还有一位日本选手?"

"是的。由于奥地利队更换了选手,一名进入前十五名的选手退赛了。于是,原本排在第十六名的皆川贤太郎选手就提升了一名,进入了前十五。"

"进入前十五名,夺得奖牌的概率很大吗?"

"是的。"木村先生点了点头。"这十五名选手中排在前七名的先出场滑行,剩余的八名选手再开始滑行,但要抽签决定出场顺序。也就是说,顺利的话,佐佐木和皆川就可以在第八或第九位出场。那样的话,我们的机会就来了。能有两位日本选手进入这个小组,这还是从来没有过的事情呢。"

"早出场滑就会有优势吗?"

"我认为是的。大回转和回转项目的赛道是通过向雪中注水使其冻结的方式,使雪面变得坚硬。这样做的目的是防止赛道条件因比赛顺序而发生变化,然而赛道条件还是会逐渐变差。根据我的经验,在欧洲赛道上比赛时,若能在前十位出场,选手就会取得相对较好的成绩。"

原来如此。看来除了选手的技术之外，决定比赛胜负的因素还有很多。能听到具有多年参赛经验人士的分析，真是一件幸事。而像大叔那种现学现卖的知识和毫无根据的猜测，怎么听都觉得索然无趣。

木村先生这么忙，我们也不好意思一直打扰，与他约定晚餐时再见后，我们离开了酒店。我们决定去塞萨纳镇逛一逛。

我们从酒店正对的主街拐到了一条岔道上，这条街道两旁都是摆满小摊的店铺。许多外国人在这里闲逛。这里类似于日本的温泉街，充满了欧洲乡村小镇的格调，热闹非凡。还有一些身穿民族服饰的人正在街上欢快地跳着民族舞蹈。

这时，天上飘起了雪花，天气越来越寒冷。我们也没有心情继续悠闲地散步了，只想找个地方进去暖和暖和。

我们走进一家酒吧，喝起了啤酒。此刻，我们最关心的仍然是女子花样滑冰项目的结果。

"虽然比赛要看出场的顺序，但我希望荒川选手出场时，村主选手能排在有望获得奖牌的名次，最好是第一。这样一来，荒川选手的压力就会减轻很多。"大叔说。

"只要她们俩不双双落败就好。"黑衣君乌鸦嘴般地说道。

之后,大叔他们不再提奖牌的事了,开始讨论他们最喜欢哪位选手。

"要我说的话,还是安藤。"黑衣君说,"然后是荒川。"

"哎,你不喜欢村主吗?"

"我不喜欢她总是一副要哭的表情。而且,我不喜欢她的长相。从这一点上来讲,荒川生气时的表情也很吓人,我也不喜欢。"

原来黑衣君更看重相貌啊。

"我喜欢村主那类型的。"大叔说,"荒川那样的也不错。但如果考虑到身材比例,我还是更喜欢安藤。"

大叔竟然更看重身材?

当他们俩人的谈话越来越离谱时,我们离开了酒吧。在往酒店走的路上,我们意外地碰到了木村先生,他提着一个袋子,我们一问才知道里面装的是要洗的衣服。

"你要拿去干洗店洗吗?"大叔问。

"是的,不过准确来说,我只是让他们帮忙洗一下。在那里烘干衣服是很贵的,所以我拿回房间里晾干。"

这实在是太让人佩服了。木村先生滑雪时那么勇敢而果断，在这样的小事上却又考虑得这么细致。

我们又去了夏波顿酒店，在这里的餐厅吃晚餐。木村先生说，他本想推荐我们去离酒店不远的一家餐厅品尝鱼料理，但没有预订到座位。不过，酒店餐厅的菜也很美味，我吃得心满意足。

也许是葡萄酒的酒劲上来了，大叔开始和木村先生扯一些无聊的话题。我心想你不采访人家了吗，但木村先生似乎也对我们经历的一些稀奇的途中见闻很感兴趣，那就随他去吧。

晚饭吃得差不多时，木村先生说了一句"啊，是安藤"，便朝大厅那边望去。原来，大厅的电视正在播放女子花样滑冰项目的比赛。

我们就都去大厅观看比赛了。与短节目比赛时不同，安藤美姬选手今天穿着一袭白衣，随风飘逸。可大叔却说她这一身看起来很显胖。这如果让美姬的粉丝听到了，他们肯定会气坏的。

在短节目比赛结束时，安藤美姬的排名是第八位。她已经尽力了，但离获得奖牌还差得远。接下来就看她的四周跳是否能成功了。

在我们的注视下,她果断地开始尝试四周跳,可她最终还是摔倒了。她练习的时候就没有完成得太好,所以现在失败了也没有办法。

随后她还出现了明显的失误,完成比赛后她的名次自然也就下降了。我们都叹了口气。

我们还想继续看比赛,但时间已经不早了,我们只好依依不舍地离开酒店。不过仔细想想,明天我们还会回到这里观看女子大回转项目的比赛,我不明白为什么我们还要单程开上二百公里的距离,往返折腾一趟呢?

保罗开车送我们回阿斯蒂。这一天我们体验了滑雪,还品尝了一顿美食,喝了小酒,心情也不错,于是不由得打起瞌睡来。等醒来时我发现我们已经快到阿斯蒂了。

我看了看旁边,黑衣君也睡着了。在这次旅行中,他似乎一闲下来就在睡觉,想必一定是累坏了。这也难怪,大叔就是个甩手掌柜,什么事都要找黑衣君。

黑衣君醒来后,大叔好像一直在等他醒一样,马上开口道:"喂,差不多了。"

"什么?"黑衣君依旧一副睡眼惺忪的样子。

"花样滑冰的比赛啊。已经出结果了吧？"

"啊，差不多了吧。"

"快用手机上网查一下，说不定已经公布了。"

"啊，好的。不过也难说，结果通常要很久才会发布出来……"

黑衣君一边说着，一边打开手机查询起来，突然他大喊道："啊！网上写着荒川静香夺得梦寐以求的金牌。"

"哎？"

"什么？"

"等会儿。我再查询一下其他的网页。"黑衣君的声音颤抖着。

我和大叔默默地等待着。过了一会儿，黑衣君说："果然没错，是金牌。荒川静香是冠军。村主好像是第四名。"

大叔"哇"地大喊起来。我也激动地从座位上跳了起来。正在开车的保罗还以为发生了什么事情，吓了一大跳。当我告诉他比赛的结果时，他瞪大了眼睛，好像在说"太厉害了"。

然后我只听见黑衣君惊讶地大声说道："天呐！斯鲁茨卡娅摔倒了。正如东野先生所预料的。不仅如此，科恩好像也摔倒了。"

"你们看,"大叔口沫横飞地大喊道,"和我说的一样吧!我就知道肯定会出现意外情况。不过真没预料到两位选手竟然都摔倒了。"

这哪是什么预料呀,不过是一厢情愿的胡乱猜测罢了。

"果然还是因为我来了。还好我带来了好运气,这下后面的比赛也值得期待了。"

大叔愈发得意起来。

回到酒店房间后,大叔继续大放厥词,喝光了一瓶葡萄酒,然后倒头就睡,鼾声如雷。真是吵死人了。

24日。今天要去观看高山女子大回转项目的比赛。昨天木村先生告诉我们,原本有三名日本选手参加此次比赛,但其中两人已临时回国。理由竟然是要回去积累世界杯比赛的积分。这种事居然比参加冬奥会更重要吗?我百思不得其解。

这次依然是保罗开车送我们去比赛场地。今天的比赛在一个叫塞斯特雷科勒的滑雪场举行。

"我至少要去看一场高山滑雪比赛。"大叔在车上说。

"不过也是应该去看的，我写的小说《フェイク》中的主人公就是一名高山滑雪选手，我就是因为这个才开始关注并搜集高山滑雪项目的信息的。这也促使我这次来到了都灵。"

"今天参加比赛的是广井法代选手吧？"

"她隶属于新潟天鹅队。不知道她是做什么工作的。"

"我看了他们的网站，但没找到多少信息。上面显示，之前的战绩她记不清了，所以没写。她的爱好是冲浪，喜欢去海边。"

"滑雪选手喜欢大海，还挺有意思的。"

"我要为广井选手加油，但我今天的主要目标是克罗地亚的科斯特里奇选手。我昨天听木村先生说，因为她的加入，克罗地亚队的整体水平都提高了。据说克罗地亚的选手们都干劲十足，精神面貌焕然一新。她能给周围的人带来如此大的影响，我想她肯定是一位非常出色的选手。"

今天我们的车可以开到赛场的门口，我们在那里和保罗分开，进了赛场。

风很冷，吹得耳朵特别疼。我戴上了御寒的防风帽，可还是感觉很冷。

怪奇之梦

与高山单板滑雪平行大回转项目一样，观众席面对着赛道。我们在这里与约定好的摄影师会合，他要为《小说宝石》杂志拍摄照片。

讨厌拍照的大叔在拍摄时总是一副不耐烦的样子。我心想：稍微笑一下又能怎么样吗，真是的。

拍摄结束后，我们送摄影师离开。我发现黑衣君看起来似乎非常高兴，便问他怎么了。

"嗯，其实刚才就在那里，一个陌生的白人女士对我说'恭喜'。显然，她说的应该是荒川静香的金牌。看来获得了花样滑冰的金牌，真的会吸引很多别国人士的关注。"

"与其在不太重要的项目上获得许多金牌，不如在花样滑冰项目上获得一枚金牌更引人注目。我听说在美国，获得女子花样滑冰项目的冠军能带来巨大的经济效益。获得冠军的选手会得到非常多的广告出演机会。"大叔又开始滔滔不绝地讲他听来的小道消息，"不过，如果获胜选手给人一种不像美国人的感觉，情况可能就不一样了。"

"哎，这话是什么意思呀？"我问道。

"就像在阿尔贝维尔冬奥会上，一位名叫克丽斯蒂·山口的美国选手获得了金牌，但看她的名字一般人就能知道她是日裔美国人。她没有收到通常会邀请金牌得主拍广告的公司邀约，其他广告邀约也非常少。据说，原因就是她长得像日本人，而且她的姓氏山口听起来也不像美国人的。"

"冬奥会竟然没什么人气啊。我倒是很喜欢。我还想着至少要去现场看一次呢。"我说这些话大概是在一年前。那是为了创作一部以女性高山滑雪运动员为主人公的小说，在富良野滑雪场等地进行调查采访时的事情了。

坦白地说，当时我并不是真的想去现场，只是一时兴起说了一句。但编辑们却当真了："这个主意不错。我们去吧。"

很快，相关的企划案就被批准了，这下子我必须得去都灵了。按照企划，我要对冬奥会进行大量调查采访，并撰写一些相关文章。我明明想尽可能地减少自己的工作量，没想到却搬起石头砸了自己的脚。

我不由得想：哎呀，该怎么办呢？好麻烦啊。但就在我犹豫不决之间，我已经无法拒绝了，或者说已经推辞不了了。说实话直到2006年，我才改变了想法，心想：就这样吧，反正已经很久没有出国旅行了，而且我也是真的很想去现场看冬奥会。

然而，年初却发生了一件不得了的事情。我获得了一个文学奖，本来以为自己这次也会落选呢。2月17日举行颁奖仪式。可2月18日上午就要出发去都灵了。这都是什么安排嘛，简直是欺负人。

颁奖仪式结束后还有第二场和第三场庆功宴，等我回到家都已经是早上六点了。我一宿没睡，拖着宿醉的身子在早上七点半又离开家，出发前往成田机场。此时，我早已筋疲力尽了。

当我到达都灵时，冬奥会已经开始一周了，但日本选手的成绩并不理想。有望争夺奖牌的选手接连失败，日本代表团奖牌颗粒无收。来到都灵后，我完全提不起兴致。

观看比赛的日程安排也令人惊叹。我确实说过"想尽可能地多观看比赛"，我也说过"即使是日本选手表现平平的项目，我也想去看一下"，但连续几天都

怪奇之梦

夢はトリノをかけめぐる

要往返四百多公里去郊外看比赛,这样的安排是不是有些欠妥呢?而且我们要面对的敌人是雪山。在到达目的地之前,你不知道当地的情况如何。通过照片可以看到,我们为了抵御严寒,在出发时就要带很多御寒的衣物。

这一天举行的是女子高山大回转项目的比赛。这是我观看的第五个比赛项目,由于前一天在意大利与法国的边境附近玩了单板滑雪,此刻我感觉非常疲惫。但荒川静香刚刚成为"世界的静香",很多不同国家的人纷纷对我说"日本真厉害",这又让我感到很开心,因此就呈现出了这张照片中你们看到的样子:略显疲惫的脸上浮现出了淡淡笑意。

——刊登于《小说宝石》

"哪有这样的?这不就像种族歧视一样吗。"

"岂止是像,这完全就是种族歧视。广告公司一直否认他们有这样的想法。总之,美国这次非常想要这枚女子花样滑冰项目的金牌。要是被有望冲击金牌的斯鲁茨卡娅选手夺去了可能也就算了,没想到居然让赛前预测的三号种子选手——日本的荒川获得了金牌,他们肯定非常懊悔……"大叔笑着说道,"我好久都没这么心情舒畅过了。"

我皱了皱眉头,说:"人家都来祝贺我们了,你没必要把话说得那么难听吧?"

"啊,那倒是。"

很快,比赛开始了。选手们从很高的地方开始滑,所以我们看不到上面的情况。我们面前有一个显示屏,播放着比赛选手的情况。

不久后,我们隐约可以直接看到选手的身影了,但距离还是太远,看不清楚。而且,这里还起了大雾。

我们虽然到了现场,但最终只能盯着显示屏观看比赛。有选手冲过终点线,各国啦啦队都会拼命摇铃,欢呼起来,我们这才感受到一些身临赛场的气氛。

几位选手滑完之后,显示屏上出现了一些字。大叔看完后发出了一声悲鸣。

"唉!科斯特里奇选手弃权了。搞什么呀,真是的,那我到底是为什么来看比赛的?"

在大叔大喊大叫的同时,比赛还在继续。美国选手曼库索[1]滑出了好成绩。美国啦啦队自然一片欢呼："美国！美国！"

差不多就行了，他们可真闹腾。

随后还有选手相继往下滑。不知是赛道设置得太难，还是滑行状态太差，陆续有选手偏离赛道，放弃了比赛。

"无论如何，希望广井选手能完成比赛。不管怎样，完成比赛留下名次才是重要的。"大叔有些没底气地说道。

广井选手出场了。我们目不转睛地盯着她。然而尽管如此，光从远处看，我们根本不知道她滑得怎么样。就算她滑到近处能看清楚了，我们也无法说清楚她的滑行状态。

在外行人看来，她没有出现大的失误，顺利地完成了比赛。我们都松了一口气。

"太好了，太好了。以她今天的状态，第二轮应该也没问题。"大叔说着就要站起身来。

"哎，这就要走吗？"

"已经体验了高山滑雪的比赛现场，我的目的已经达到了。总之，我觉得再坐在这里没有任何意义，既看不见比

---

[1] 美国高山滑雪运动员，2006年冬奥会高山滑雪大回转项目冠军。

赛中的选手,也感受不到为他们加油的乐趣。"

这话说得一点也没错。黑衣君也早就坐不住了,于是我也赞成道:"知道啦,我们回去吧。"

我们甚至没有等上半场结束就离开了赛场,不过有很多人和我们一样——也可能是因为自己支持的选手在比赛中弃权了吧。

场外也到处都是人,而且没有几家商店开门,所以我们想找个休息的地方都找不到。最后我们终于找到了一家酒吧,但里面的人太多了,好半天才找到座位。而且,那里还没有厕所。

我们只喝了一杯啤酒,就从酒吧里出来了。在走向巴士站点的途中,我们发现了一个厕所,但要收费使用。我们只好付了三十美分进去了。当然,收费也不代表这个厕所会很干净。大叔又开始抱怨起来。

从厕所出来后,我们开始认真地寻找巴士站点,但怎么也找不到。我们明明是按照指示走的,但找到的巴士却不是去往目的地乌尔克斯的。在我们前面上车的大哥们在说着什么,但我们完全听不懂。

就在我们四处徘徊的时候,一位外国女士也在四处寻找着什么。她也注意到了我们。大叔走过去问她是否在找去乌尔克斯的巴士。她回答是的，但没有找到。

我们和黑衣君商量后，决定向出赛场后与指示相反的方向找一找。我们刚开始走，那位外国女士也在后面不远处跟着我们。

不一会儿，前面便出现了一个貌似是巴士站点的地方。看到这一幕，大叔气愤极了。

"如果我们一出赛场就朝相反的方向走，不就非常近了吗？为什么非要故意让我们绕远路呢？"

"哈哈，这就是奥运会组织者故意策划的吧。为了避免人们都拥向巴士，他们故意让人们绕远路。"

"若是如此，那他们就好好做个标识啊。"

"也许对意大利人来说，做到这种程度已经是尽全力了吧。"黑衣君以一副完全不抱任何期待的口吻说道。

在巴士站点，一位身穿工作服的老先生带我们找到了去乌尔克斯的停车点。那里张贴着一张字迹潦草的时刻表。这位老先生指着其中一个车次说："就坐这个。"我们虽然很感激他的好意，但那个车次一小时前就已经开走了。大叔指着大约十分钟后的下一车次说："不对吧，应该是这个。"

怪奇之梦

老先生思考了片刻,然后一脸赞同地说:"对,对,就是这个。"真是一位让人难以判断是否能帮上忙的老先生。

刚才一直跟着我们的那位外国女士,估计是已经到目的地了,后来就没有再靠近我们。也对,我们这三个来路不明的东方人,大概谁都没有兴趣接近吧。

我们终于坐上了车,前往乌尔克斯车站。到车站后,开往米兰的火车也很快就来了,我们又坐上了火车。后来,我们在波塔苏萨火车站下了车。波塔苏萨火车站与波塔塔瓦火车站相邻,是都灵的主要火车站。

我们乘坐出租车前往奖牌广场。这里每天都会举行颁奖仪式。颁奖仪式结束后,据说会举行著名艺术家的音乐会。当然,入场肯定要买票,而且大部分门票都已经售出了。据说还有一些供当大出售的门票,但要想买到当日票,必须先取号排队,所以我们只能从外围远远地欣赏一下。我们隔着栅栏看去,感觉这里只不过是个普通的广场。可能到了晚上,这里就会灯火通明,装饰得五彩缤纷了。

听说这里有一家奥林匹克商店出售冬奥会官方商品,于是我们决定去逛逛。到了那里我们才发现所谓奥林匹克商店不过是栋临时搭建的房子,入口还很远。而且,此时竟然下起了雨。

黑衣君要给编辑部其他人买点伴手礼，所以一进去就立即四处寻找起来。我和大叔也看看能不能找到一些有趣的东西。店里装饰有印着菲亚特徽标的雪橇模型，看上去确实是冬奥会商品店的感觉，店里还挺热闹的。

不过，我们也就一开始还有股兴奋劲，在挑选商品的过程中，我们的心情渐渐低落下来。

"这里没什么好东西嘛。"大叔坦率地说出了自己的想法，"他们真的想做生意吗？广告代理商是怎么想的？明明大好的赚钱机会就摆在眼前。"

这一次，我也赞同大叔的想法。店里售卖的运动服和毛衣既不时尚，也不便宜。钥匙圈和别针徽章里，花样滑冰和冰球等人气项目的款式也都卖光了。剩下的就是些设计得毫无新意的马克杯、夸张的T恤，还有一些让人觉得根本没必要在这里出售的工具，总之净是些丝毫不能激起购物欲的东西。

尽管如此，黑衣君还是买了很多东西，装了一购物筐。我问他挑选了什么东西。

"嗯，钥匙圈、别针徽章、毛巾，还有T恤……"黑衣君看着购物筐说道,"还有一些巧克力。剩下的就是些破烂玩意。"

"破烂玩意?"

"这些东西只能称得上是破烂玩意了吧。我还以为能找到比这些强一点的东西呢。"看来,黑衣君也很失望。

我们离开奥林匹克商店,向波尔塔诺瓦车站走去。大叔说想给酒吧里的姑娘们买点东西。

"要是能找到一些便宜又令人印象深刻,并且能让她们心怀感谢的东西就好了。"

净想美事。

我们一会儿进商场看看,一会儿又去步行街逛逛。大叔发现了一家看起来像镇上服装店的店铺。他好像很喜欢这里写着促销的标签。

"这家店不错啊,看起来很舒适,价格也合适。我明天再来买。"

大叔给这家店起了个名字,叫"当铺",可能是因为这里的商品散发着一种中古品的气息。

街上还能看到几家出售冬奥会商品的店。黑衣君仔细地挨家看了看,但好像也没有找到想要的东西。

"哪里都没有花样滑冰项目的周边商品啊。"黑衣君说。

"果然花样滑冰是人气很高的运动项目啊。看商品的售卖情况，就能非常直观地看出哪些运动项目受欢迎。冰球和单板滑雪的相关商品也卖得不错。雪橇项目的就卖得不太好了，尤其是无舵雪橇的相关商品，哪个店里都剩了一堆。没想到跳台滑雪项目的商品也卖得不好。"

"都是因为美国人吧。"大叔不满地说，"只有美国人才喜欢买这些东西。而美国队失利的比赛项目，相关商品他们就不买了，所以才会剩下很多吧。"

大叔似乎在这次旅行中彻底讨厌起美国来了。看来那个"美国！美国！"的呐喊声把他气得不轻吧。

曼奴拉在波尔塔诺瓦车站等着我们。今天有一个聚会，我们可以在那里品尝皮埃蒙的当地美食。

我们乘坐出租车前往皮埃蒙特媒体中心，在入口处接受了非常严格的安全检查。当我们站在一边品尝葡萄酒时，有对不认识的夫妇和我们搭话。得知我们是日本人，他们提到了花样滑冰，并对日本选手赞不绝口。果然花样滑冰金牌的影响力不容小觑。

在问了大叔一些情况之后，他们又问他对都灵的感觉如何。大叔显得有些为难,小声回答道:"总是下雨。"我心想,就不能正儿八经地回答一下吗?那对夫妇和曼奴拉都无可奈何地笑了。

那个夫人对大叔说道:"因为现在是冬天,没有办法。欢迎您夏天再来看看。夏天大部分时间都是好天气呢。"

已经不想再来都灵的大叔只是随声附和了几句。

随后我们坐了下来,美食也被端了上来。主菜是鳗鱼,曼奴拉似乎不太喜欢吃这个。黑衣君告诉她,如果是日式蒲烧的做法,她应该会喜欢。

就在我们边享受美食,边品尝红酒的时候,不知从哪里来了一个大胡子大叔。他看着大叔问道:"你是东野圭吾吧?"

大叔非常惊讶,也难怪他有这个反应,因为他在这里也没什么外国友人。

"你给贝松导演的电影做过编剧吧?"

听了大胡子大叔的话,大叔又惊诧不已,没想到他连这些都知道。

"吕克·贝松导演要把《秘密》改编成电影,我没想到这个消息都已经传到这里了。"大叔对黑衣君解释道。

"也许是阿斯蒂旅游局的人告诉他的吧。"

这位大胡子大叔好像在电视台工作,他问大叔是否愿意接受采访。

可大叔只说了一句:"不。"大胡子大叔一脸遗憾地离开了,他没想到自己会被拒绝。

酒足饭饱之后,我们决定快点离开这里,如果再待下去,不知道还会遇到什么样的人。

我们步行到波尔塔诺瓦车站,和曼奴拉一起乘坐火车返回了阿斯蒂。曼奴拉的姐姐在阿斯蒂等着我们,她要开车送我们回酒店,我们欣然同意了。

25日早上七点,保罗来接我们。这是连续四天的长途车程了,所以我们已经完全熟悉了,大家在车上的氛围非常轻松融洽。

今天要去观看的是冬季两项项目的比赛。这是我们观看的最后一场比赛。回想这次企划,我们最早采访的就是冬季两项项目的选手。可我和大叔最终都没能亲眼看到受访的目黑香苗选手在赛场上拼搏的身影。电视上很少转播冬季两项的比赛,即使偶尔转播,也只是转播国外的节目,排名靠后的日本选手自然不会出现在电视屏幕上。

我以为今天终于能看到目黑选手了,但遗憾的是她并没有出场。冬季两项也分很多种,今天的比赛是集体出发赛,是本届冬奥会的新项目。通常情况下,冬季两项的比赛都是设置时间差,让选手们逐个开始。但在集体出发赛中,选手们要一起出发,最先到达终点的选手获胜。这算是非常简单易懂的赛制规则了。男子要滑行十五公里,女子要滑行十二点五公里,但由于选手一起出发,比赛就需要限制参赛选手的人数。本届冬奥会从获得了奖牌和世界杯排名靠前的选手中选取了男女共三十名选手参赛。日本队此次只有在男子二十公里的比赛中获得第十四名的菅恭司选手获得了参赛资格。

没办法,我们只能观看男子比赛了。

今天的比赛场地在塞萨纳圣西卡里奥滑雪场。来这个滑雪场的途中,我们经过了无舵雪橇项目的比赛场地。这样我们就打卡了这届冬奥会的所有比赛场地。

快到比赛场地时,我们又在途中被迫下车,剩下的路要步行过去。我们很不情愿地开始走,路程比我们想象中要长得多。而且,路上还有积雪,走起来很费劲。

怪奇之梦

夢 は ト リ ノ を か け め ぐ る

我还在想今天来看比赛的人似乎比想象中多时,就看到安检门那里竟然排起了长龙,这种情况我们以前还没有遇到过。而且,能看出来大家都是一脸的兴奋和期待。

"也许今天的比赛很受欢迎吧。"大叔说。

"我也这么觉得。"黑衣君赞同地说道,"这里的气氛明显与之前几个比赛现场的不同,大家都很热情,就像来看棒球或足球比赛一样。"

随后,这种印象也没有改变过。前往观众席的途中我们会经过选手们热身的地方,那些看向选手们的观众看上去就像赛马爱好者紧盯着赛马场似的。观众抵达观众席后也是一样,仍然激动不已,安静地坐着的寥寥无几。有些观众早已开始挥舞手中的啦啦队旗,有些则跟着场内的音乐唱了起来。

还有一点与之前观看的比赛现场明显不同,那就是我们几乎看不到美国啦啦队的身影。从选手名单上看,这次只有一名美国选手参赛。他叫哈基宁,听上去明显就是北欧地区的姓氏。这样的话,美国人可能不会特意来加油吧。

话虽如此,我们也是仅有的到场的日本人。可能周围的观众会感到非常奇怪：为什么这里会出现东方面孔？

冬季两项项目要求选手不仅要射击，还要进行越野滑雪，是一项非常严酷的运动。选手若在射击中脱靶，就必须在环形赛道上多滑行一百五十米作为惩罚。我们在座位上几乎看不到射击的靶子，但环形赛道就在我们面前，我们倒是能看得很清楚。

"营选手的射击状态不好的话，我们就可以好好欣赏他的滑行了。"大叔净说些丧气话。

随着三十名选手出场，现场气氛越来越高涨。DJ 也大肆渲染着现场的气氛。一时间铃声、口哨声、掌声、欢呼声响彻全场，赛场的喧嚣在此刻达到顶峰。

随着发令枪响，比赛正式开始。三十名选手首先要挑战第一圈的越野滑雪。起滑时，排名靠前的选手站在前面，所以此时营选手就已经落后了。

DJ 会随时为观众们解说选手们滑行的情况。解说起来大概是这样的："挪威选手比约恩达伦和安德烈亚斯滑得很快。德国选手格雷斯正在奋力追赶他们。哦，波兰队也赶上来了，是托马斯·西科拉选手。德国选手格雷斯正拼尽全力追赶，不知他能否追上挪威队。"

每次提到格雷斯的名字,坐在我们旁边的胖阿姨都会发出奇怪的尖叫声,并拼命挥舞手里的旗子。她应该是来自德国的狂热粉丝。

"说起来,目黑香苗选手曾说过,冬季两项在欧洲是非常受欢迎的运动项目。实力强大的选手还拥有粉丝俱乐部。"大叔开口道。

"她说这话,是希望日本的选手们也能得到更多的支持吧。"

"我觉得看到眼前这个场景,她那样想是理所当然的。"

第一圈越野滑雪结束后,排名靠前的选手都回到了起滑点。看到他们,观众们都激动地站起来了。就像DJ所说的,挪威队实力非常强。

终于到了射击环节,场内播放的音乐动感十足,好像是《加勒比海盗》里的音乐。

当然,真正开始射击时,音乐就会停止,观众们也会都安静下来。不过,当选手扣动扳机后,场上就会响起观众们为选手射中靶子而欢呼的声音。当选手射击脱靶时,观众们会发出"噢"的悲鸣声。

在首次射击中,排名靠前的选手几乎没有人失手。比赛中共需射击四次，每次可射击五发子弹。前两次是俯卧射击，后两次是站立射击。而俯卧射击时更容易固定住枪，所以命中率更高，这还是我在冬战教里学到的知识。

营选手在第一次的俯卧射击中，有一枪打脱靶了。这种程度的失误也情有可原。希望他接下来再加把劲。

比赛进行的感觉就像是德国队和挪威队的争夺战中突然闯进了一个波兰队一样。我旁边的胖阿姨一直在疯狂地加油呐喊着。但德国队这次射击却脱靶了。

胖阿姨瘫坐在椅子上，一脸绝望，仿佛世界末日来临了似的。

挪威队和波兰队之间的争夺还在继续。然而，挪威队下一枪脱靶了，接着波兰队的下一枪也没有打中，德国队终于又来到了首位。

一直十分消沉的德国胖阿姨大喊一声"好哇"，又恢复了刚才的气势。她站起来，挥舞着旗子，声嘶力竭地呐喊着，连眼镜歪了都毫不在意。

DJ大声讲解着场上各队激烈的争夺状况，听着DJ的声音，就连我们这些完全不相关的人也不由得激动起来。这真是一场精彩绝伦的比赛，难怪会这么受欢迎。

怪奇之梦

夢はトリノをかけめぐる

当德国队选手第一个抵达赛场时，观众席上的兴奋情绪达到了顶峰。德国胖阿姨看上去都快激动得晕过去了。

最终，德国队的格雷斯选手获得冠军，波兰队选手获得第二名，拼命补救失利局面的挪威队获得第三名。

遗憾的是，菅选手一直被罚，在环形赛道上一圈圈地滑行着。在第二次的俯卧射击中，他全部射中靶子，惹得DJ感叹"哦，日本的菅选手也没有失误"，但除此之外，菅选手的表现并不理想。在第三次的射击中，他接连三发脱靶，要接受在环形赛道上滑行三圈的惩罚。实在是太可惜了。

在几乎所有选手都到达终点后，又过了很久，菅选手才返回赛场。好像还有一位落在后面的选手，DJ大声地说："我们现在正在等待两位选手到达终点。"观众们也报以热烈的掌声。我不知道性格乖僻的大叔对此做何感想，然而我不认为这是同情的掌声。虽说这是一项人气很高的运动项目，但在全球范围内也只是一个小众项目。我们的选手从远东的岛国千里迢迢来这里参加比赛，观众不会因为我们的成绩不好就看不起我们。他们看我们的选手，估计就和我们看相扑比赛中的欧美选手的感觉是一样的。

总而言之，冬季两项是非常有趣的比赛项目。对此，大叔和黑衣君也非常赞同。

"要是他们能在日本的电视台转播比赛就好了。"

"为此，日本必须要在这个项目上变得更强大。因为没有电视转播，日本人对这项运动也知之甚少，就难以召集到优秀的选手加入这个项目，最后就陷入了一种恶性循环。"

我们一边称赞各选手在比赛中的顽强拼搏，一边离开了赛场。今天的巴士站点还是要走很远才能到，尤其是在有积雪的下坡路上，我们感觉走起来更加吃力。

"难道是想让观众们也体验一下越野滑雪的感觉吗？"黑衣君嘟囔道。

和昨天一样，我们乘坐巴士前往乌尔克斯。从那里再换乘火车前往波尔塔诺瓦。

我们在车站附近的一家比萨店吃了午餐，然后去买伴手礼，要去的就是大叔昨天发现的那家店"当铺"。一进门，大叔就放下背包，向狐疑地打量着他的女店员打招呼。然后，他把陈列橱窗里摆放的包和钱包全都买下了，那架势好像是哪里来的有钱人一样，但实际上他买的都是些不太贵的东西。要是在米兰的专卖店里买这些的话，价格肯定是这里的十倍。

大叔想要刷卡支付。然而，他装模作样地拿出的那张美国运通信用卡已经过期了。他挠了挠头，又掏出了自己的 Visa 卡，才挽回了一些面子。

离开店后，我们向车站走去。大叔的打扮非常另类，他穿着户外保暖服，背着背包，双手还拎着服装店的纸袋。他嘴里念叨着"我得提防小偷"之类的话，可谁会接近他呀。

回到酒店，我们决定晚饭前在黑衣君的房间里观看男子回转项目的比赛。第一轮比赛已经结束了，皆川贤太郎选手居然排在第三位，佐佐木明选手也排在第八位，我们有望获得奖牌。另一位汤浅选手排在第十七位，还在奋力追赶。

第二轮比赛采取倒序的方式，从第一轮比赛中排名第三十位的选手开始。这些选手想要通过这一局来逆转落后的局面，都不顾一切地向前滑行。当然，他们大多数都失败了，被取消资格或弃赛的选手不断出现。

在这种情况下，汤浅选手从第二轮开始就在日本队选

怪奇之梦

手中处于领先位置,他果断大胆地向前冲。在经过很多选手出现失误的旗门时,他失去了平衡,险些一屁股摔倒。不过,他稳住了身子,继续加速前进,到了中间时段也是遥遥领先。他就这样一路领先地到达了终点,以出色的表现获得了第一名。

"这太棒了!"大叔开始兴奋起来,"这次完成的时间真不错。我觉得我们能获得奖牌。"

还有十几位选手呢,我觉得他有点太心急了,但结果证明他是对的。所有的选手都变得谨慎起来,不像汤浅选手那样敢于冒险。最终,直到在第一轮比赛中排名第十一位的科斯特利兹选手超越他,汤浅选手的记录一直荣居榜首。电视解说员似乎也对日本运动员的出色表现感到惊讶,频频提及汤浅、佐佐木和皆川的名字。顺便提一下,解说员是意大利的英雄运动员汤巴。

现在,就看佐佐木明选手的表现了。皆川选手排在第三位,汤浅选手也奋力完赛,现在看来日本选手在这个项目上能获得期盼已久的奖牌了。如果是这样的话,希望佐佐木明选手也能一鸣惊人。

失败了也不要紧,快冲啊!我们一起对着电视大声加油。

可能我们不该这么喊，佐佐木选手起滑后没通过旗门。大叔重重地叹了口气。

"没办法。我觉得佐佐木选手自己也知道，如果拿不到奖牌，比赛就没有意义了。"

与佐佐木选手完赛时间相同、排在第八位的选手，他的成绩最终没有超过汤浅选手。排在第七位的舍恩费尔德选手比汤浅选手快了十分之四秒。此时，汤浅选手掉到了第三位。就在我们以为后面不会再有人超过他时，他又被排在第六位的选手轻松超过了，他排到了第四位。虽说我们早有心理准备，但还是感到很遗憾。

不过，在第一轮比赛中排在第五位的加拿大选手出现了失误，未能超越汤浅选手。还剩下四名选手了，其中就有皆川选手。因此，此时已经确定日本选手会赢得名次。

在第一轮比赛中排在第四位的赫布斯特选手始终保持着良好的滑行状态，最终跃居第一位。接下来就是皆川选手出场了，大叔开始祈祷起来。

"千万不要出现失误，一定要完成比赛！完赛时间什么的都是次要的。"

就连我们这些观看比赛的人都是如此谨慎保守的状态，赛场上的选手所承受的压力更是无法估量。我觉得皆川选手虽然在比赛中一直都有些太过谨慎，但现在看来也是合情合理的。

不过，他在后半赛程又调整了自己的状态，顺利冲到了终点。完赛时间排在第三位。不管怎么说，还是有一线希望的。

事已至此，我们心里只祈祷一件事。

那就是希望其他选手出现失误，"快点失误""赶紧摔倒""滑出赛道"，我们搜罗了所有能想到的话来诅咒剩下的选手。这一招可能是奏效了，因为在第一轮比赛中排在第二位的卡勒·帕兰德选手竟意外地没有通过旗门。我们的情绪一下子高涨起来。

"竟然还有这样的事?!有希望啊。我们有可能获得奖牌了。只要这家伙摔倒了……"

大叔口中的"这家伙"就是奥地利的莱希选手。冒着亵渎体育运动神圣性的风险，我也祈祷着他会出现失误。

然而，奇迹并没有持续。莱希选手有第一轮积累的领先优势，就算第二轮不拼尽全力滑行也完全没问题，可他仍然以出色的表现滑完比赛，以领先第二名一秒的成绩冲过了终点。这让我们失望地叹了口气。

"皆川选手排在第四位，汤浅选手排在第七位。最终有两位日本选手获得名次。除奥地利在奖牌榜上独占鳌头外，其他获得名次的国家只有瑞典、克罗地亚和日本。仅从这一点来看，日本在回转项目上已经算是名副其实的高山滑雪强国了。这次确实取得了具有划时代意义的好成绩。但虽说如此……"

我在心里嘟囔着大叔没有说出的话：还是太可惜了，实在是太可惜了。恐怕黑衣君也是这样想的吧。

26日，阿斯蒂旅游局的人带我们参观了阿斯蒂市，然后请我们吃了午餐，在郊区一家名为罗坎达·德尔·圣乌菲齐奥的餐厅。这家餐厅的特色菜是一种叫作"fritto misto"的菜肴，其实就是一盘炸物什锦。据说这道菜的食材中还有乳牛的内脏之类的，他们想用这道菜来吓唬一下我们这些日本人，但大叔他们经常在烤肉店点动物内脏，对这道菜根本就不以为意。更何况大叔的家乡就是以烤动物内脏美食闻名的地方。

不过,这里的人胃口可真好,他们一直在吃,而且吃的大部分都是甜食。我心想难怪他们的身材如此圆润,但这话我没有说出口。

回到阿斯蒂市里的阿尔费埃里广场后,我们去类似于周口集市的地方逛了逛。然而,那里卖的东西并没有什么值得逛的,都是些电视机和录像机的遥控器、汽车方向盘、佛像头等,怎么看都是一大堆没用的废品。唯一像点样的东西就是一个看起来异常昂贵的名牌包了,但却被随意地摆放在塑料垫子上。而且,卖家还是个形迹可疑的黑人。这让我们对包的来历浮想联翩,但我们还是决定不予置评。

我们走回酒店,得知酒店的餐厅周日也停业休息,我们十分惊讶。为了晚饭,我们只好又返回阿尔费埃里广场。

27日。我们不寻常的旅程终于迎来了最后一天。又是保罗来接我们。天天见他,我都有些腻烦了。他问我们旅途如何,我回答很开心呀。

到达都灵机场后,保罗送了我们三瓶葡萄酒,他说这是他们村子自己酿制的。一想到再也见不到这位好脾气的疯狂司机了,我心里有些落寞。

或许是对离开意大利的旅客不太关注,机场的安检是有史以来最松懈的,就连把行李放到传送带上都是乘客自己完成的。而且任何机场都会要求乘客把笔记本电脑从包里拿出来,但大叔在这里无视了这条规定,却并没有工作人员指出来。

我们从都灵前往慕尼黑,在那里换乘飞往成田的航班。在慕尼黑,还有一些等待的闲暇时间,我们便在登机口附近的店里喝了杯啤酒,这时居然又碰到了木村公宣先生。看到彼此,我们都很惊讶。一问才知道,我们乘坐的竟然是同一个航班。

于是自然而然地,我们聊起了男子回转比赛的结果。

"尽管我知道这样做不对,但我一直在祈祷莱希摔倒。"

当大叔坦白了内心的想法时,木村先生笑着说:"我也是啊。我在心中祈祷着'摔倒吧,快摔倒'。而且,当第二名卡勒·帕兰德选手跨过旗门时,我知道作为一名解说员,我不应该说得如此肯定,但我还是在说'他跨过了旗门,肯定是跨过去的'。"

（回国后我们看了比赛录像，录像证实了木村先生所言非虚。他确实十分肯定地说了那番话，而且语调也十分欢快。）

"真可惜呀。"

听了大叔的话，木村先生苦涩一笑，点了点头。

"确实很可惜。这样的机会可不是随时都有的。"

"不过，两名选手都获得了名次，已经很厉害了。我相信在不久的将来，他们肯定会赢得奖牌。"

"但愿如此吧。"木村先生答道，他的表情有些复杂。

大叔还不明白。前几天见面时，木村先生就说了赢得奖牌不是易事。虽然两名选手现在很接近奖牌，但今后未必还能如此接近。木村先生深知其中的艰辛。

在登机时，木村先生来到我们旁边。好像是他和熟人换了座位。

我们继续聊回转比赛的结果。木村先生说，获胜的莱希选手在这次比赛中滑得其实比较保守。

"他并不想在第一轮就冲到最前面，但他已经领先了，所以只能按照这个节奏继续比赛。"

我们只能感叹，获胜的选手果然实力超群。

"木村先生，将来您应该会成为日本队的指导或教练吧。"

被大叔这么一问，木村先生有些迟疑。

"我想至少暂时不会。我现在还在学习如何指导别人，我想先教一教孩子们。"

原来如此。棒球界常说："优秀的选手未必能成为优秀的教练。"听了木村先生的话，我不禁想，最终还是要看选手的心理准备和决心啊。

在都灵待了两周多的木村先生，看上去有些疲惫了。大叔也累得不轻，我也一样。随后，我把座椅放倒，看着电影，便睡着了。

现在是日本时间28日下午一点。阔别十天，我们终于回到了家。大叔立即说他要去洗澡。我则躺在沙发上，回想着过去这十天发生的事情。

坦白讲，我觉得这次旅行非常愉快。走了那么远，要是有人让我再经历一次同样的事情，我肯定会毫不犹豫地拒绝，但很庆幸这次有机会去了都灵。

我还是觉得选手们非常出色，冬奥会也非常精彩。要不是冬奥会，我和大叔根本不可能完成如此紧凑的日程安排。我们是来看冬奥会的，只要想到这一点，我们就充满了能量。

我想着想着，不知不觉就睡着了。当我醒来时，大叔正揪着我的耳朵。

"你干什么呀？"

"你这身打扮是怎么回事？"

"什么打扮？"

我看着自己的手和脚，大吃一惊。我的手和脚长满了浅棕色的毛。也就是说，我又变回了猫的样子。

"啊，变回来了……"

"怎么变回来了？"

"不知道。也许是魔法解除了吧。"

"魔法吗？"大叔坐在沙发上，嘴上叼着一根烟。

在都灵那十天他都没有抽过烟，这会儿又抽起来了。要是能趁机把烟戒掉，该多好。

"看来我们不在的时候，很多事情都发生了变化。我上网查了一下，有点惊讶。"

"什么发生了变化？"

"首先，伊娜·鲍尔步变成了流行词。"

"伊娜·鲍尔步?"

"就是荒川静香比赛时的招牌动作名。然后,青森队的队员们被亲切地称为'冰壶少女',她们非常受欢迎。听说大家对冰壶的关注度也非常高。"

"这样啊。那得益于都灵冬奥会,冬季运动项目在日本也获得了一些关注吧?"

"这个嘛,谁知道呢。"大叔吐出一口烟,"我觉得关注冰壶项目,恐怕是因为在眼下看来,比起其他项目,冰壶项目还有获得奖牌的希望吧。在没有选手获得奖牌的情况下,媒体只能报道那些有望获得奖牌的项目。"

"不仅如此,我觉得姑娘们身上有一种偶像光环。"

"那当然了。但光凭这点,并不足以维持冰壶这项运动的人气。如果电视台能在没有青森队出场的情况下转播冰壶项目的比赛,情况又不一样了。"

大叔掐灭烟头,从隔壁房间拿来一块滑雪板,开始打蜡。

"这就要去滑雪吗?"

"嗯。"大叔回答道。

"冬天已经过去了。如果我再磨磨蹭蹭,不抓紧时间去，山上的雪就都融化了。"

大叔的话让我恍然大悟：也许正是这冬天的魔法把我变成了人的模样。

对我们动物来说，冬天原本是一个严酷的季节。它让我们的体温下降，食物减少，还限制了我们的行动。我甚至想过要是没有冬天这样的季节就好了，但在许多国家，寒冷的冬天还是会来临，年复一年，如期而至。

我们的祖先挨过了这严酷的冬天，顽强地生存了下来，因此才会对随后而至的春日暖阳心存感激。但我呢？生活在温暖舒适的空调房里，衣食无忧，我既不用忍受寒冷的北风，也不用担心下雪，与春、夏、秋三季一样，冬天也可以仰面朝天地躺在沙发上呼呼睡大觉。我身上的野性已经消失殆尽了。

不，不仅是我，就连大叔也是如此。

即使翻看日历，知道现在是冬天，但对日本哪里下雪、哪里会发生灾害等，他肯定也没有切身体会。

而让大叔意识到这些的是单板滑雪。由于迷上了单板滑雪，他知道了雪国，他经常看气象图，以预测北海道和新潟的大气为乐趣，但最近他开始担心起暴风雪、人雪和雪崩引发的灾害情况。

挑战冬天，与冬天共存——也许冬季运动项目就是这样的象征。这样的生活不就是回归野性的过程吗？也许这就是冬天的魔法想要告诉我的道理吧。

你本来就是只猫呀，
你不是有毛皮吗？

— 6 —

我正睡得香甜,大叔却踩到了我的肚子。

"喂,别踩我的肚子!"

"我没有踩,只是用脚尖碰了一下而已。再说,你已经不是人类了。这不是又变成猫的样子了吗?"

"你的意思是猫的肚子就可以踩了?你这是在虐待动物。"

"烦死啦。我说了我没踩。谁让你一直在那里睡懒觉,都已经下午了,你也差不多该起床了吧。"

"就算你这么说,我也还是很困,起不来啊。我这是在倒时差呢。这里和都灵的时差可有八小时呢。"

"这时差,你还要倒到什么时候啊?回来都已经好几天了吧。"

大叔边说着,边看起了电视。播放的正好是花样滑冰项目的比赛,正在滑行的当然是荒川静香。

"你刚才说已经过去好几天了,可你这不还沉浸在都灵冬奥会的回忆里吗?"

"我可没有沉浸在回忆里。我已经冷静下来了,所以我觉得该客观地回顾一下都灵冬奥会了。"

"要回顾啊。"我蹬直了手脚,伸了个舒服的大懒腰,又打了个大大的哈欠。

"我看你根本就没干劲嘛。"

"就算回顾,也没什么让人开心的素材吧。日本队的成绩差得让人大跌眼镜。人家中国队和韩国队还获得了好几块金牌呢,可派出了有史以来最多参赛人数的日本代表团却只有荒川静香选手获得了一枚金牌。代表团的团长都公开道歉了,真是一届惨淡的冬奥会。"

"诚然这届冬奥会上的日本队确实没有可以称赞之处,不过,重要的是我们要从中找出问题。如果能从失败中吸取教训,总有一天我们会梦想成真。我还能得到一度要放弃争取的文学奖。"大叔说着，嘿嘿地笑了。

"什么嘛，你这是自我吹嘘吧。"

"哎呀，就让我稍微吹嘘一下吧。这样才有人情味。对了，你刚才提到了奖牌数，所以你的意思是让我们日本学一学中国和韩国吗？"

"这也是一种方法吧。"我跳到沙发上说，"这两个国家都在大力发展滑冰项目，短道速滑项目现在在韩国的地位举足轻重，已经堪比日本的柔道了。日本人在体格上与韩国人相差无几，但感觉完全不是人家的对手。"

"韩国队的短道速滑确实很厉害。他们获得了六枚金牌、三枚银牌和一枚铜牌吧。不过，梦吉，你去了都灵，在那里感受到韩国队的实力了吗？对他们有什么印象吗？"

面对大叔的问题，我耸了耸肩。

"这个嘛，我没感觉到，我又没看短道速滑项目的比赛。韩国队还获得了一枚速滑项目的铜牌，那个比赛我也没看。"

"对呀。我们没看短道速滑项目的比赛，所以对韩国队的强大实力没有任何印象。但我们观看的比赛项目可不算少。"

"哪是不算少啊，简直是太多了。冰壶、跳台滑雪团体、花样滑冰短节目、高山滑雪平行大回转、高山滑雪女子大回转、冬季两项……我敢肯定地说观看比赛的日本人中，没有谁比我们看的比赛更多了。要不是大叔你要去玩单板滑雪，我们可能还能多看几场比赛呢。"

"那天根本就没什么比赛啊。先不说这个，就你刚才提到的项目，又有多少韩国选手参加了呢？"

"嗯……"我拉开腹部衣服的拉链，拿出一份文件。我整理了这次观看比赛项目的选手名单。"首先冰壶项目确实没有韩国选手参加。跳台滑雪团体项目中的韩国队选手获得第十三名。女子花样滑冰项目也没有韩国队选手。高山滑雪项目也是。高山滑雪女子大回转项目有韩国队选手参加，但只获得了第三十三名。冬季两项项目也没有韩国队选手参加。"

"事实就是如此。不用说，这些项目都有日本选手参加。我们不仅参加了比赛，还在三个项目中获得了名次。花样滑冰项目，我们还获得了金牌。"

"话虽如此，日本队也有成绩很糟糕的项目吧。"当看到高山滑雪和冬季两项的比赛结果时，我不禁皱起了眉头。

"确实也有成绩不尽人意的项目，但若是他们没有参加比赛，又会怎样呢？恐怕我们就不会看高山滑雪和冬季两项的比赛了。甚至可以换一个角度去想，多亏了他们的参赛，我们才有机会接触以往从未见过的项目。"

"你说得也没错。"

"那暂且排除韩国队的强项短道速滑项目，我们来回顾一下都灵冬奥会吧。这是获得名次的日本选手名单。"

大叔将一张纸放在桌上。是一个记录了获奖名次的名单，具体是这样的：

速滑男子五百米：及川佑（第四名）、加藤条治（第六名）

速滑女子五百米：冈崎朋美（第四名）、大菅小百合（第八名）

女子团体追逐赛：田畑、石野、大津、根本、妹尾（第四名）

男子团体追逐赛：中岛、牛山、杉森、宫崎（第八名）

自由式滑雪女子雪上技巧：上村爱子（第五名）

越野滑雪女子团体短距离：夏见、福田（第八名）

滑雪混合赛男子团体：高桥、北村、小林、田山（第六名）

花样滑冰男子单人项目：高桥大辅（第八名）

花样滑冰女子单人项目：荒川静香（第一名）、村主章枝（第四名）

单板滑雪女子障碍追逐：藤森由香（第七名）

跳台滑雪大跳台：冈部孝信（第八名）

跳台滑雪男子团体：伊东、一户、葛西、冈部（第六名）

冰壶女子项目：小野寺、林、本桥、目黑、寺田（第七名）

高山滑雪男子回转：皆川贤太郎（第四名）、汤浅直树（第七名）

"你不觉得我们很厉害吗？"

"哪里厉害了？不也只得了一枚奖牌吗？还有很多都是第四名。"

"那我可告诉你啊,这是韩国队除了短道速滑项目之外的成绩。"

大叔又拿出一张纸,上面写着:

速滑男子五百米:第三名、第八名

速滑女子五百米:第五名

速滑男子一千米:第四名

"这些你一看便知,都是短距离速滑项目。除此之外,韩国选手没有在其他项目中获得任何名次。总之,对韩国队来说,冬奥会就相当于短道速滑比赛,韩国队在冬奥会上没有参与其他项目。你认为日本队也应该变成这样吗?"

"这个嘛……"

"我可不希望日本队变成这样。"大叔在我面前摆了摆手。"虽然日本队在这届冬奥会上只获得了一枚奖牌,但我更想关注我们有多少项目获得了名次。在滑雪项目中,我们在越野滑雪、跳台滑雪、自由式滑雪甚至高山滑雪项目中都有选手获得了名次。你不觉得这很了不起吗?如果日本队只集中在某一个优势比赛项目上,就算赢得再多奖牌,这样的冬奥会我也不稀罕。"

"我并没有说我们应该只大力发展短道速滑项目。我的意思是我们应该借鉴韩国的经验,加强我们在具体项目上的竞争力。"

大叔却摇了摇头。

"最终在短道速滑项目上拿几块奖牌,又能如何呢?我认为只用获得奖牌的数量来评价奥运会的成绩是不对的。我们在那么多项目上都取得了名次,你难道不觉得争取在各种比赛项目上赢得奖牌,这才是看冬奥会的乐趣所在吗?女子冰壶项目就是一个很好的例子。有多少人以前从未听说过冰壶项目,却因为选手们的出色表现而对冰壶产生了浓厚的兴趣。只要像这样不断地努力,我们最终就会让冬季运动项目和冬奥会受到越来越多的关注。"

大叔平时说话很少会这么慷慨激昂。我能看出他是真的非常喜欢冬季运动项目。要不是这样,他也不会千辛万苦地去国外观看冬奥会的比赛了。

"不过,想要在实际比赛中赢得奖牌没那么容易啊。好多选手都止步于第四名,日本人在关键时刻还是有些力不从心呀。"

我话音刚落,大叔就"啪"地拍了一下膝盖。

"你说到了关键。我一直以来也有这种感受。我见证过很多这样的情况,被寄予厚望的选手不堪压力,抱憾而归。但不仅是日本选手会出现这种情况。这届冬奥会的东道主意大利有两名选手备受瞩目,他们就是女子花样滑冰项目的科斯特纳和男子回转项目的乔治·罗卡。可是,这两位选手最终都没有获得名次,罗卡甚至中途弃赛了。事情发生后的第二天,我和当地旅游局的人一起吃饭时,那个人还痛骂罗卡是个没骨气的家伙。这两位选手有一个共同点,那就是他们在各自的项目中没有其他可寄予希望的队友。如果他们摔倒了,一切就全完了。我们可以想象出这种想法给他们带来了巨大的压力。"

"嗯……"我双臂环胸道,"你的分析是对的。在女子花样滑冰短节目中,观众为科斯特纳选手加油呐喊的架势令人惊叹,这样一来她势必得全力以赴。"

"让我们再来看看日本队这次的表现。虽然获得第四名的选手很多,但这成绩已经很优秀了。再看看个人项目的第四名,你注意到什么了吗?"

我瞥了一眼刚刚看到的名单,立刻摇了摇头。

"没有啊。"

"你有没有认真地思考啊？听好了，你仔细看看。有四位选手在个人项目比赛中获得了第四名，而且这些项目里都有另一位日本队选手获得了名次。"

我又看了一眼名单。

"确实如此。"

"也就是说，越是派出多位种子选手参加的比赛项目，最终的成绩就越好。无论是科斯特纳选手还是罗卡选手，要是能有一位本国队友与他们一起参赛，冲击奖牌，他们也许就不会在比赛中出现那样的失误了。"

"嗯，这有什么数据依据吗？"

大叔打了个响指。

"我猜你就会这么说，于是我整理了日本过去获得奖牌的记录，发现了一个很有意思的情况。"

大叔又拿出了一份新文件。我真想问问他，不专心写小说，一天天的都在研究些什么。但这姑且也算是他的工作，就随他去吧。

"为日本赢得第一枚冬奥会奖牌的是猪谷千春选手，但那都是五十年前的事了，所以就不算在内了。日本还是从札幌冬奥会开始才真正地备战冬奥会的比赛，当时还出现了日本独揽金、银、铜牌的大新闻。"

"又提起这件事啊。"我厌烦地挠了挠耳后。

"你老实听着。笠谷、金野和青地一同登上领奖台的确是皆大欢喜。但是还有一点不能忽视，'日之丸飞行队'并不是只有他们三人。七十米跳台第一轮结束时，日本队占据了第一到第四名的位置。"

"哎？第四名？"

"还有藤泽选手，他也具备争夺奖牌的强劲实力。我觉得有这样一位选手占据第四名的位置，其他三位选手就能尽情发挥自己的实力了。"

大叔继续说道："在1980年的普莱西德湖冬奥会上，八木弘和选手获得了七十米跳台项目的银牌，秋元正博选手位列第四名。即使当时八木选手出现失误，秋元选手也极有可能获得铜牌。再往下看，个人项目中获得奖牌的例子……"

大叔展开了手里的文件。

"在1984年萨拉热窝冬奥会上，北泽欣浩选手在男子五百米速滑项目中获得了银牌。然而当时北泽完全是个不受关注的选手，夺冠热门是称霸世界短距离速滑项目的黑岩彰选手。不料黑岩选手在正式比赛中出现了失误，当整个日本都因此陷入绝望之中时，北泽选手以让大家叹为观止的绝佳表现完成了比赛。第二天报纸刊登的头条新闻就是《出其不意的北泽选手五百米摘银》。"

"哎，与这次加藤选手和及川选手的情况很像啊。"

"没错。虽然被寄予厚望的加藤选手夺金失败给人留下了深刻印象，但日本速滑项目史上的第一枚奖牌本就不是由这样的选手获得的。被寄予厚望的明星选手在正式比赛中折戟沉沙，这种情况不仅出现在日本，哪个国家都出现过。即便如此，实力强劲的国家仍然可以获得奖牌，就是因为国家队在这个项目里还有具备夺牌实力的二、三号种子选手。在这次高山滑雪项目的比赛中，美国的王牌选手博德·米勒[1]在滑降赛段中排在第一位，我本来以为他会保持优势并最终夺冠呢，可他在回转中居然未能通过旗门，大家因此都觉得美国的金牌梦就此破灭了。谁知擅长回转的泰德·利

---

[1] 美国高山滑雪选手，在温哥华冬奥会高山滑雪男子超级两项全能比赛中夺得金牌。

格蒂选手虽然在滑降中排第二十二名,但却在回转中强势逆转比赛局面,一举夺冠,他也成为时隔十二年再次夺得高山滑雪项目金牌的美国男子选手。"

"日本队这次在高山滑雪男子回转项目中获得名次的也不是公认的王牌选手佐佐木明。"

"赛前就被寄予了厚望,佐佐木选手心理上肯定有些不堪重负。不过,皆川贤太郎选手和汤浅直树选手确实发挥出了他们的真正实力。"

"也就是说,与其把夺金希望寄托在一位实力超强的选手身上,不如多安排两三位有望获得名次的选手参赛,对吧?"

"就是这个意思。这样的成功例子还有很多。在1992年的阿尔贝维尔冬奥会上,我们在速滑短距离项目中有三位实力选手,分别是黑岩敏幸、井上纯一和宫部行范。最终他们在五百米和一千米项目的比赛中获得了三枚奖牌。在1994年的利勒哈默尔冬奥会上,虽然河野孝典选手获得了北欧混合个人项目的银牌,但毋庸置疑的是,荻原健司选手才是当时的王牌选手。河野选手以他完美的表现弥补了夺金热门选手荻原的失败。在随后的长野冬奥会上,日本队掀起了夺牌热潮，而且无疑的是，这些获得奖牌的项目中都有实力相当、相互竞争的两名选手参加。比如，获得金牌的速滑选手清水宏保与堀井学，雪上技巧项目选手里谷多英与上村爱子，跳台滑雪项目选手船木和喜、原田雅彦和葛西纪明，以及短道速滑项目选手西谷岳文、寺尾悟和植松仁。反之，在只有一人被寄予夺牌厚望的项目中，选手几乎都没有取得好成绩。拿这届冬奥会来说，男子花样滑冰项目就是个例子。尽管国内有织田信成选手这样实力相当的对手，但由于参赛名额有限，最终只有高桥大辅选手一人参赛。所以，我们首先要考虑的是如何增加参赛名额。除此之外，多年来一直孤军奋战的还有俯式冰橇项目的越选手、速滑男子长距离项目的白幡选手，以及女子长距离项目的田畑选手。尽管他们不断发起挑战，也取得了一些成绩，但始终未能获得奖牌，我认为原因就是一人孤军奋战的能力终归是有限的。唯一的例外就是伊藤绿选手了，她在阿尔贝维尔冬奥会上获得了女子花样滑冰项目的银牌。"

听到这里，我不禁有些疑惑。

"在夏季奥运会上，很多项目也只有一位选手获得了参赛资格吧。像柔道，还有体操都是如此。链球项目的室伏广治选手也是以一人之力夺得了金牌。必须要两人参加才能获得奖牌，还是冬季运动项目的选手实力太弱了吧。"

大叔随即竖起食指，皱起眉头，啧啧啧地咂起舌来。这样子看着就让人生气。

"很多冬季运动项目都会受大自然的影响，需要在滑行这种不稳定的状态下一决胜负，所以选手很容易发生意外。此外，选手还需要控制在夏季运动中难以想象的速度。在冬季运动中，你永远不知道接下来会发生什么，所以把希望寄托在某一位选手身上是十分荒谬的。"

"你竟然说荒谬？"

"这次男子回转项目虽然取得了好成绩，但已经有人在某种程度上预言过了，对吧？"

"嗯，是木村公宣先生吧。"

木村先生和我们在都灵时一起吃过饭，那是男子回转项目比赛的前两天。

"木村先生告诉我们男子回转比赛会有精彩的事情发生。他说这话并不是指王牌选手佐佐木明的状态很好。在那时，木村先生就已经开始关注皆川贤太郎选手了。以皆川选手的世界杯成绩，最开始他被分在第二梯队。在这个梯队中，滑行出场的顺序最早也要在第十六名之后，滑行时的赛道条件会很差。然而，当奥地利队更换队员后，皆川选手就进入了与佐佐木选手相同的第一梯队。这样一来，最差的滑行出场顺序也在前十五名内。顺利的话，皆川选手有可能会在第八或第九名出场。木村先生当时就料想到了，如果两位选手以这样的状态比赛，日本队将很有希望获得奖牌。"

"他真是料事如神啊！"

"木村先生多年来一直在这个项目上孤身奋战。我想，正是因为他亲身体会过这种艰辛及能力的极限，他才会觉得这次日本队男子回转项目有很大可能夺得奖牌吧。"

"木村先生自己好像也经历过很多磨难和辛酸呐。"

当时，木村先生和我们乘坐同一个返程航班回国，我们对他有一种特别的亲近感。

"我们应该关注到一点，荒川静香选手获得了金牌，村主选手在比赛中获得了第四名，就算荒川选手在比赛中出现严重失误而惜败，日本队也能确保至少获得一枚奖牌。实力强劲、有望夺牌，说的就是这回事吧。综上所述，我得出了一个结论。"大叔竖起一根手指，继续说道，"夺得奖牌的最低条件就是，除了王牌选手之外，还需要有另一位预备王牌选手。可以说，预备王牌选手的实力水平将决定比赛的结果走向。"

嗯嗯，我连连点点头，心想：原来如此，大叔说的没错。但是我突然又想到了一点，于是我又抬起头来。

"但这实际上就是要所有项目都增加人数，对吧？这一点，各运动项目的团体组织肯定都在考虑了，谁会想听你一个外行人在这儿乱出主意呢。"

"不，单纯地增加选手人数与培养预备王牌选手，出发点是完全不一样的。例如，现在有一位王牌选手A，如果想培养一位预备王牌选手B，我们就得先做出判断，是将其培养成与A类型相同的选手，还是将其培养成具有不同特点的选手。我们如果没有从培养阶段开始确定要培养多名王牌选手的话，就不容易实现。我觉得我们在选手培养上一直都是一种放任不管的态度，所以才会在王牌选手方面迟迟没有起色。"

"放任不管嘛……也许确实如此。或许体育协会也没想到日本队虽然没有世界纪录保持者，但却有汉堡牛排连锁餐厅Bikkuri-Donkey员工这样的选手在比赛中顽强拼搏。"

"但这样下去肯定不行。"大叔摇了摇头,"即使让他们去培养预备王牌选手,培养二、三号种子选手,眼下也很难做到,而且还会越来越难做到。"

"你怎么突然变得这么悲观了?"

"最终都要回到统计学上来。想要培养出具有夺牌实力的王牌选手,需要一定的人数基础做分母。最终,优秀的选手才会在众多的竞争者中脱颖而出。目前,在许多运动项目中,日本培养出一名王牌选手就已经是极限了。要是计划再培养出一位王牌选手,简单来说,就必须将基础人数增加一倍。但有意开始练习冬季运动项目的儿童人数今后恐怕还将持续减少。今年的都灵冬奥会可能就会导致这一现象加剧。"

"是因为日本队在冬奥会上没有获得多少奖牌吗?"

"确实有这方面的原因。据说本届冬奥会的平均收视率为史上倒数第二,仅高于盐湖城冬奥会的,如果没有荒川静香,恐怕就是历史最低水平了。如果人们越来越不关注冬季运动项目,那实在是太遗憾了。"

"日本队没有获得奖牌,人们的关注度就越来越低,从事冬季项目的人也就越来越少。如此一来，日本将更难培养出优秀的选手，我们也就离奖牌越来越远。这是一种恶性循环。"

"除花样滑冰项目外，收视率比较高的冬季运动项目就是男子U型场地技巧项目、男子速滑五百米和女子雪上技巧项目了。不用说，都是那些赛前媒体口中有望获得奖牌的项目。我认为正是这些项目的失利才让日本民众一边倒地不再关注冬奥会。反过来想的话，只要这些项目在冬奥会上获得奖牌，就有希望恢复人气。或许温哥华冬奥会将成为日本队的转折点。如果下一届冬奥会比赛的成绩再不如人意，日本人大概就对冬季运动项目彻底失去兴趣了。"

"如此说来，大叔你不是在探讨冬奥会对日本人意味着什么吗？你得出结论了吗？"

听了我的话，大叔脸色一沉，只"唔"了一声。

"什么嘛，还没得出结论啊？"

"我还需要一些时间。我觉得真正的答案将在温哥华冬奥会上揭晓。不过，现阶段也可以告诉你一些结论。"

"是什么？"

"当我真正去观看冬奥会比赛时，我觉得日本是一个很微妙的国家。我们没有像韩国人和中国人那样明确地认识到自己是亚洲人，并借此发挥出自己的优势，而是一味地追随欧美人的脚步。这次在很多赛场上，人们都向我们投来了质疑的目光，好像在说'为什么这里会有日本人？'我们甚至受到了一些冷嘲热讽。确实，当看到大多数选手都到达终点了，日本选手才终于到达时，我感觉心里很难受。我甚至觉得这似乎也象征了日本在世界上的立场：勉强自己站在错误的位置上，并接受周围异样的目光。但日本的选手们却让我深受感动，给我留下了深刻印象。我生平第一次理解了'现代奥林匹克之父'顾拜旦所说的那句'重在参与'的真正含义。在奥运会赛场，我们可以堂堂正正地发声'不要忘记，我们在这里'。日本有冬天，也有雪花和结冰的水池，因此我们去参加冬奥会。作为一个国家，这是一件再正常不过的事情了。我觉得我们不应只看到那些有望获得奖牌的项目，还应多多发现那些在比赛中顽强拼搏，获得了第二十名或第三十名成绩的选手们。只要做到这一点，人们对冬季运动项目的关注范围肯定也会随之改变。"

嗯。大叔总结得很到位。

"那，下一步该怎么做呢？"我问道，"听说木村先生邀

怪奇之梦

夢はトリノをかけめぐる

请你去观看温哥华冬奥会。"

"我怎么会去，身体吃不消了。"大叔说着，又皱起了眉头。

"到时候我就在电视上看比赛吧。"

我边听他说，边想谁知道这话可不可信，因为我发现大叔从意大利回国后，还一直在网上寻找观看冬奥会比赛时穿的长靴呢。

不知道到了那个时候，"冬天的魔法"会不会再次降临到我身上。

特别附录短篇：
2056酷林匹克

也许当时没去向黑衣君打听大叔的事情是对的。如果当时问了他，我对大叔的态度可能就会有所改变。
"这个大叔只有二十二年的寿命了，真可怜呐。"
要是这样想的话，就不能再像现在这样心安理得地和他吵架了。
不知不觉中，我发现自己又变回了猫的样子。

1

我伸展着手脚,"啊呜——",打了一个大大的哈欠。这不仅是因为从窗户照射进来的阳光太过温暖,还由于我正在读大叔前段时间出版的《怪奇之梦》,一读起来就觉得困意袭来。

时光如白驹过隙,自那以后都已经过去三年了。我的行动也变得迟缓起来,因为猫的衰老速度可是人类的五倍。

尽管如此,我还是盯着身边的《怪奇之梦》一书。

大叔真行,居然接受了这样的工作邀请。我完全想象不出这个原本讨厌出国旅行的大叔,还能不远万里跑到意大利去做冬奥会的采访工作。而且每天都要东奔西跑地观看比赛，累得他疲惫不堪。不知道阿斯蒂旅游局的曼奴拉现在过得怎么样？开车有些鲁莽的司机保罗是否还喜欢在高速公路上飙车？

我还能想起大叔费尽心思地写这本书时的情景。他不擅长写随笔，所以他把这本书构思成了一部以我为主人公的小说。这也算是急中生智吧，但现在我重温这本书，我觉得还是不应该让大叔写这些观看比赛的内容。他根本就没有传达出那种身临冬奥会比赛现场的兴奋感与紧张感，只是洋洋洒洒地写些个人的感想。大叔更擅长创作虚构的故事，却很难将经历过的事情写得生动有趣。他好像已经决定了，写完这本书之后，他只再出版一本随笔文集，就不再写随笔类的文章了。我认为这绝对是一个明智的决定。对了，好像还有人邀请他去报道北京冬奥会，但他当即就拒绝了。

我把书往旁边一丢，决定好好睡一觉。今天，大叔不在家，又去滑雪了。他写的那部以滑雪场为背景的小说正在连载，所以他打着收集素材的幌子出去玩了。

正在我迷迷糊糊快睡着的时候，门外响起了"哐哐哐"的敲门声。奇怪，要是快递员来送件，他们都会按门铃。

我继续睡觉，没有理会，这时又听到了"哐哐哐"的敲门声。虽然感觉麻烦,但我还是有些在意,于是我起身去了门口。

"哐哐哐",门外再次响起了敲门声。

不知道门外的人能不能听懂我的"喵星语",我开口试探地问道:"谁呀?"

没有人回应我。不过有东西从门缝里塞了进来,好像是个信封。

我战战兢兢地打开门,但门外连个人影都没有。

我捡起信封,打开一看,里面是一张票。上面写着"奥林匹克2056(C) 举办时间:12月10日至13日"。

奥运会?可2056是什么意思呢?要是奥运会的话,举办时间也太短了吧?门票上画着滑雪和滑冰的插画图案。

我向走廊的尽头望去,在一片黑暗之中能看见遥远的尽头正散发着点点亮光。

不知为何,直觉告诉我现在应该去那里看看,于是我向前走去。我的内心既充满期待又忐忑不安,思绪有些复杂。

当我快走到出口时,我听到了一些声音,还听到了人们的交谈声。但从外面照进来的光线太耀眼,刺得我睁不开眼睛。

我闭着眼睛,一下子迈了出去。整理好思绪后,我慢慢地睁开了眼睛。

我正突兀地站在步行道中间,差点就撞上了别人。

这是哪儿?

我坏顾四周,身边绝大多数人都是日本人,不过外国人也不少。虽然人们说的话、广告牌上写的文字大多是日语,但也夹杂着大量的英语。人们身上穿的衣服,材质像是薄金属片似的,建筑物也都像镜子一般闪闪发光。

有一家店看起来像是银行,我走了进去。里面没有柜台,只摆放着一排奇怪的机器。机器的屏幕上显示着:日期 2056 年 12 月 10 日。

嗯,果然如此。

聪明的读者看到这里肯定会猜到,这是一个关于时空穿越的故事。而我突然来到了未来的 2056 年。通常情况下,故事中的主人公还会探究为何会发生这么奇怪的事情,但我现在已经无暇顾及这件事了,所以先略过不提了。比起这件事,我对这张门票更感兴趣。

从这张门票来看,现在世界的某个地方正在举办奥运会。而且，从门票的设计来看，还应该是冬奥会。既然如此，作为《怪奇之梦》的主人公，我自然不能错过。

我还注意到另一件奇妙的事情。当我站在玻璃门前时，我发现自己在玻璃上映出的身影和那天一样，又变成了人类的样子。

不过，那身影已经不复当年的年轻模样，而是一个中年大叔的形象……

喂，別踩我的肚子！

— 2 —

我决定先向路上的行人打听一下这个奥运会到底在哪里举行。我最先问的是一位身穿银色西装的男士,因为他看上去非常和善。

但当他听到我的话时,他脸上的表情变得十分诧异。

"奥运会?你在说什么?奥运会早就结束了。"

"结束了?那是在哪里举办的呀?"

"当然是在这里了。大约两个月前举办的。随后还举办了残奥会,但那也在一个月前就闭幕了啊。"

"但这个门票上写的举办时间是从今天开始呀。"

说着,我拿出门票给他看,这位男士一头雾水地说:

"那我就不知道了,是搞错了吧。"

之后我又询问了好几个人,他们的反应都差不多。于是我决定去警察局寻求帮助。我觉得如果一个城市要举办奥运会,警察会负责赛场的警备工作,他们肯定会知道一些情况。

然而,在警察局里遇到的这位警官,看上去像一位朴实的战队英雄,可他看到门票时也有些疑惑。

"真奇怪啊,奥运会和残奥会都已经结束了,我们早就恢复了正常的警备状态。"

这时,旁边的一位女警官也探过头来看。

"啊,或许是酷林匹克运动会的门票吧?你看括号里还有个字母 C 呢,这就是酷林匹克的缩写。"

"酷林匹克运动会?啊,对啊。你这么一说,我好像在哪儿听说过。"

"的确是从今天开始。我记得在网上的本地新闻里看到过。"

"那就一定是了,据说那也算是奥运会的一部分呢。"

"抱歉,请问一下,酷林匹克运动会是什么啊?"我仍然没搞清楚状况。

"该怎么说呢。"那位警官双臂环胸说道,"就是原本在寒冷地区举行的运动会。"

"原本?那现在不是了吗?"

"嗯,今天虽然也很冷,但据说很久以前可比现在冷多了。那时候空气中的水蒸气并非凝结成雨滴,而是变成白色的结晶落下。这些结晶堆积起来,会让房子和道路都变成一片白色。就是那个时候的运动会。你难道没听说过这些吗?"警官讪笑道。

"……那这个酷林匹克运动会在哪里举行呢?"

"嗯,我看看。"

警官们帮我查了一下地址,主会场就在这附近的一个室内体育馆,从这里步行过去大约五分钟。

我向他们道谢后,离开了警察局。在走向会场的途中,我回想着警官的话。他所说的"白色的结晶"肯定就是雪了。从他说话的口气来看,他肯定从没有见过雪。

我已经能看到会场了,是一个半圆形屋顶的建筑。我想象着里面冷气很足,肯定会非常冷。现在虽然已经是十二月,但外面一点也不冷。刚才的警官却说今天很冷了。也就是说,这种天气对他们来说已经是很冷了吗?

赛场的入口处有一个写着"奥林匹克2056年（C）"的牌子。

不过，来看比赛的人却寥寥无几，不知为何有些冷清。

我向门口的工作人员出示了我的门票，然后走了进去。这里没有像我之前在都灵时那样检查入场观众携带的随身物品。

我沿着通道往前走，看到了一处敞着门的地方。从那里走进去之后，我大吃一惊，因为出现在眼前的是一个白色的滑冰场，穿着比赛服的选手们，以及身穿西装的项目组委会成员们。

看台上也是空荡荡的，观众很少。观看比赛的观众也都很沉闷，根本就不兴奋。这给人一种因为朋友来参加比赛而不得不来捧场的感觉。

这时发令枪响了，两名选手开始滑了起来。看到比赛还是和我熟悉的速滑比赛一样，我松了一口气。

但我总觉得似乎有些不对劲，有种微妙的异样感。

我很快就明白了这种感觉从何而来：因为这里一点都不冷。滑冰场和观众席之间明明没有任何隔断设施，但我

怪奇之梦

仍丝毫感觉不到冰场的寒冷。说起来要是在这样的气温下,冰应该会融化才对。

莫非这是……我正猜想着,突然听见身后传来一个声音。

"这不是梦吉吗?"

我转过头一看,是一位身穿黑衣的老人家。他微笑着,眼睛眯成了一条缝。"果然是梦吉。哎呀,我好想你呀!"

"啊,您是——"

是曾经一起去都灵的黑衣君!他虽然已经变成了满脸皱纹的老爷爷,但那呆呆的表情还和以前一模一样。

"好久不见啊,您还好吗?"

"托你的福,我很好。梦吉你还是很年轻,真让我惊讶!"

"不,其实这是有原因的。"

我把自己穿越到这里的事情原原本本地告诉了黑衣君。

"原来是这样。还真有这么不可思议的事情啊!"黑衣君非常坦然地接受了这件事。"既然都来了,在回去之前你就好好地体验一下这个时代吧。"

"先不说那个了,这个运动会到底是怎么回事呀?酷林匹克又是什么?"

听到我的话,黑衣君的神情一下子变得非常悲伤。

"说来话长,过去的五十年里,发生了很多意想不到的事情。"

梦吉
你还是很年轻,
真让我惊讶!

3

"梦吉你肯定也知道，自20世纪末以来，人们一直在呼吁关注全球变暖问题。"

在看台上排队，找到座位坐下后，黑衣君这才开始缓缓地讲述起来。在滑冰场上，速滑项目的比赛仍进行着。

"总之，人类并未遏制住全球变暖的趋势。虽然未能有效实施二氧化碳减排也是原因之一，但说到底还是因为人类无法控制大自然。地球上的平均气温逐年上升，南极和北极的冰层也一直在消融。在日本，浮冰无法漂到北海道，湖泊也不再结冰，这些都已不再是稀奇事了。降雪量也在急剧减少，到了2027年，出现了整个冬天所有的滑雪场都无法正常营业的情况。在随后的三年里，日本所有的滑雪场都关门歇业了。欧洲也出现了同样的情况。到了2032年，海拔两千米以下的山峰都已经没有了积雪覆盖。到了2036年，世界上所有的双板滑雪和单板滑雪组织都被迫解散了，因为这些运动项目都已经没有了，也就没有必要再成立相关的团体组织了。"

"等等，等一下！"我着急地双手抓住黑衣君问道："双板滑雪和单板滑雪的项目都没有了的话，冬奥会怎么办？"

"当然，这个我肯定也要说到。"黑衣君微微颔首，继续说道，"2034年，举办了最后一届冬奥会，主办城市是纽约。"

"纽约？怎么会在那里举办？"

"在哪里都无所谓，因为当时已经没有真正的雪山了。双板滑雪和单板滑雪项目的选手只能去仅存的冰川地区附近，比赛也只不过是走个过场。纽约也仅仅是转播的中转站而已。此外，有舵雪橇和无舵雪橇等雪橇项目都已经不再进行比赛了，因为即使建造了比赛场地，也会因当地气温过高而无法投入使用。纽约之所以申办这种赛事，只不过是想在当地举办花样滑冰比赛而已，因为滑冰运动没有受到全球变暖的影响。"

"啊!"我不由得发出了一声感慨。

"那是因为滑冰场吗?"

"你也注意到了呀。"黑衣君眯着眼睛,继续说道,"这个滑冰场用的不是冰,而是塑料,是在塑料上打了一层特殊的蜡涂层。从2008年左右就开始广泛使用了,梦吉你应该也知道,对吧。"

"当时,这种滑冰场应该是作为练习场地而开发的吧。如今竟然用于正式比赛……"

"也是受到经济不景气的影响,这种维护成本低的塑料滑冰场便迅速普及起来了。如此一来,改变规则并允许在正式比赛中使用这种滑冰场也只是时间问题了。这种滑冰场还具有一个很大的优势:夏天也能进行花样滑冰比赛。观众无须在寒风中冻得瑟瑟发抖。而且如果花样滑冰项目使用塑料滑冰场,其他滑冰项目也不得不效仿。毕竟,滑冰比赛在经济上依赖于花样滑冰项目嘛。"

我想,不仅仅是滑冰吧。当年去都灵的时候我就已经深有体会,所有的冬季运动项目都依赖于花样滑冰项目。

当我把我内心的想法告诉黑衣君时,他痛心地紧锁眉头。

"确实是这样。在2034年的纽约冬奥会上，大家也只关注花样滑冰项目，其他的运动项目都成了陪衬。2035年又通过了一项让人意想不到的决议：冬奥会将无限期停止举办，将花样滑冰项目的比赛纳入夏季奥运会中进行。"

"啊？怎么会这样？"我非常震惊。

"这虽然听起来像噩梦一般，但的确是事实。刚才我也提到过，由于塑料滑冰场的出现，夏天也可以进行花样滑冰项目的比赛了。因此，国际奥委会的说辞是，既然如此，就没有必要非把花样滑冰项目归类到冬季运动项目了。如果没有花样滑冰项目，世界上就没有城市愿意申办冬奥会了。况且雪山都消失了，冬奥会的消亡也已经是不可避免的情况了。"

"速滑和短道速滑项目的比赛也改成夏天举行了吗？"

"没有。"黑衣君难过地摇了摇头。

"被纳入夏季奥运会的只有花样滑冰项目。除此之外，唯一讨论过的项目就是冰球了。但因为这个项目原本就有职业联赛，最终还是未能成功纳入夏季奥运会。其他的冬季运动项目全都被淘汰了。选手们失去了冬奥会这个最好的展示舞台。"

听了他的话，我难过得想哭。如果让热爱冬季运动的大叔听到，他恐怕会当场晕过去。

"即便如此，滑冰项目的选手还是幸运的，因为有花样滑冰项目，塑料滑冰场就会一直存在，选手们至少还能继续比赛。从这一点来说，冰壶项目也算是不幸中的万幸了。不过，选手们为了适应塑料滑冰场，可吃了不少苦头。"

"那么，双板滑雪和单板滑雪也会像雪橇项目那样销声匿迹吗？"

我故意用了一种非常悲观的表达方式，但这样说其实并不夸张。

"因为雪已经从地球上消失了啊。"黑衣君无力地笑道。

"难道没有建造室内设施吗？我们不是曾经建造过SSAWS室内滑雪场[1]那样的大型设施吗？即使规模没有那么大，全世界也应该有能进行U型场地技巧项目的设施吧。"

"当时的确也建了很多这样的设施，但最后都因为经营不善而倒闭了。仔细想想，这也是理所当然的。就算是规模小一些的室内滑雪场，也只有那些有过在户外大型滑雪场

---

[1] 位于日本千叶县船桥市，1993年开业，2003年停业。

滑雪经验的人才会愿意去,他们去那里是为了重温旧日滑雪的乐趣。没有人会为了在区区几十米的滑雪道上体验几次而特意去学滑雪或单板滑雪。如今提起 U 型场地技巧项目,大家都以为是滑板、轮滑或自行车比赛。"

听着黑衣君的话,我沮丧地低下了头。他说的这些都很有道理。没有了雪,没有了冬天,就会变成这样。

又是一声发令枪响,我抬起头循声望去。速滑比赛还在继续进行着。

"那这个运动会到底是怎么回事?冬奥会已经没有了,这些没有被纳入夏季奥运会的比赛项目却还进行着比赛。"

只见黑衣君环顾了一下滑冰场,叹道:"这只是今年的纪念活动,也不是一直都有的。"

"您这话是什么意思?"

"自 2035 年冬奥会无限期停办之后,花样滑冰之外的冬季运动项目组织就积极行动着,想要将冬奥会的历史保留下来。如果连双板滑雪、单板滑雪、有舵雪橇、无舵雪橇这些运动项目存在过的事情都被人遗忘了,那实在是太让人伤感了。因此,国际奥委会决定在夏季奥运会和残奥会结束之后,重新举办这些以往冬奥会项目的比赛。因为比赛是在比较凉爽的季节举行的,所以被称作'酷凉清爽的奥林匹克',简称为'酷林匹克'。"

"原来是这么回事呀。"终于搞清楚了这个名字的来龙去脉,我恍然大悟地一拍大腿说道。

"不过,这只是表演展示而已,即使赢了比赛,选手也不会有奖牌。只不过是通过这些让大家了解曾经有这种形式的冬奥会。"

我顿时感到失望极了。这也难怪观众的反应会这么平淡。

"即使重新进行这些冬季运动比赛,也只限于使用滑冰场的项目吧?双板滑雪和单板滑雪项目的比赛就没法进行了吧?"

"不会,那些项目也可以进行的。"黑衣君恢复了些精神,开口道。

"可以吗?那就是建造了能比赛的室内设施吗?"

"嗯,是的。"他看了看腕表,然后开口道,"正好,现在应该正在进行高山滑雪项目的比赛。我们去看看吧。"

"啊——"

我好像也恢复了些精神。

『哇！哦！』我不由得惊呼起来。

4

黑衣君带我去的地方像个电影院。正前方有一个巨大的屏幕,还摆了很多排供观众看比赛的椅子。到场的观众还不到三成,大部分都是上了年纪的人,准确地说是年事已高的老者。

屏幕上出现了一座雪山。镜头慢慢拉近,对在出发地点等待的选手们进行了特写。

"哇!哦!"我不由得惊呼起来。

不久,选手们都精神抖擞地出发了,他们果断地滑向赛道。正在进行的好像是超级大回转项目的比赛。每次选手侧刃转弯,都会溅起一阵雪雾。

"太棒了。"我对黑衣君说。

"这不是还有像这样有大片积雪的地方吗?这到底是在哪儿呢?加拿大吗?"

只见黑衣君慢慢地摇了摇头。

"很遗憾,这不是现场比赛的转播。选手们其实在那里。"

他伸手指向了舞台角落里一个像杂物间的大箱子。如果仔细看,就会发现它有一扇门。

"选手在那里面?这么说的话,莫非……"

"你想的没错。"黑衣君先生颔首道,"这是一种模拟器。选手戴上特制的护目镜,在眼前的赛道上滑行。电脑会分析他们的动作,并将其与赛道一起做成影像,看起来就好像他们真的在赛道上进行滑雪比赛一样。"

"也就是说,这是 CG……哎呀,就算是这样,效果也太逼真了吧。"

我一直盯着大屏幕。熟练滑行的选手、飞溅的雪雾、远处依稀可见的风景,这些都让人觉得和真实的比赛一样。但仔细想想,这也不足为奇。即使在我生活的那个时代,CG 成像技术也已经相当成熟了。

"虽然CG成像技术呈现的效果非常完美，但制作这些影像可着实不容易。毕竟，大部分工作人员从未真正滑过雪或见过雪山，他们制作时参考了以前的视频。"黑衣君说。

到这时我才切实地感受到，这个地球上已经再也看不到雪景了。我看着周围的观众，他们的眼神中充满了对往日时光的怀念。现在看着大屏幕上电脑合成的影像，他们一定回想起了自己当年在雪山上迎风滑行的飒爽英姿。

屏幕中的选手一气呵成地通过旗门，冲过终点。观众们为他们鼓掌祝贺。我和黑衣君也鼓起掌来。

不久，模拟器的门打开了，一个高个子大叔走了出来。他的头发已经全白了，脸上布满了深深的皱纹，虽然仍精神矍铄，但看上去应该已经八十多岁了。

原来如此，我一下子反应过来了。即使有模拟器，如果没有真正的滑雪技术，也无法在虚拟空间的赛道中如此自如地滑行。而在这个时代，能具备这种奥运会级别的滑雪技术的，也只有上了年纪的老人了。

观众们纷纷站起来，向他鼓掌致意，我们也一样，都在为他精湛的滑雪技术拍手叫好。

高个子大叔走到舞台中央，也挥动着双手回应着大家。

我不禁错愕，因为他的笑容我太熟悉了。

"他不就是连续参加四届冬奥会的……"

就在我差点脱口而出他的名字时，"梦吉！"黑衣君叫住我，他无声地把食指放在嘴边上，似乎在提醒我不要破坏现场的气氛。

我点点头，更加用力地鼓起掌来。

我点点头,更加用力地鼓起掌来。

— 5 —

在将近半天的时间里,我观看了好几项酷林匹克运动会的比赛,还看到了 U 型场地技巧、越野滑雪和冬季两项的比赛。虽然大部分都是利用 CG 成像技术和模拟器展现出来的,但我还是看得津津有味。

"这个时代的年轻人已经无法在现实世界中体验到这样的运动了。他们好可怜。"

听到我的话,黑衣君看起来有些惆怅。

"确实是啊。我们当时应该行动起来的。至少应该分辨出哪些政治家是真正在解决全球变暖问题的,哪些不是。"

"现在一切都已经来不及了吧?"

黑衣君挺直了腰板，开口道："不，我不这么认为。尽管人类很愚蠢，但他们也是会借鉴学习的。现在全球各地都在积极行动，想要让地球恢复曾经正常的气候。我坚信几年后或几十年后，我们一定能取得大自然的谅解。"

"但愿如此。在那之前，我们必须得确保双板滑雪和单板滑雪技术能一直延续下去。"

"你说得对。"

不知不觉中，我们又回到了我最初来这里的地方。旁边建筑物的墙壁上有一团黑色的阴影落下，就像墙上开了一个洞一般。我知道那是什么。

"我想我该回去了。"

"好像是呢。"

"谢谢您，黑衣君。祝您一直健康长寿。"

"谢谢，梦吉你也多保重。"

我边向黑衣君挥手告别，边靠近墙上的那团黑影。当我踏进去时，我很顺利地就穿过墙壁，走到了墙的另一侧。

就像来时一样，眼前还是那条昏暗的走廊。我头也不回地向走廊前面走去。很快，前面就出现了那扇我十分熟悉的门。

我走进房间，就看见门口放着脏兮兮的背包和收纳滑雪板的箱子。应该是大叔回来了，浴室里传来了他那不怎么美妙的哼唱声。看来他心情不错，可能是他这次去的滑雪场比较好。

我心想，趁现在好好体验滑雪的乐趣吧。再过二十年，日本就没有地方能滑雪了。

不，等一下。再过二十年，大叔就七十岁了啊。反正到那时候他也滑不动了。

想到这里，我才发现自己实在是太粗心了。到了2056年，大叔会变成什么样？当时要是问问黑衣君就好了，但穿越之后遇到了一连串出人意料的状况，让我把大叔忘到了脑后。

到了2056年……大叔就九十八岁了啊。

我觉得大叔可能不会那么高寿，不过转念一想，说不定他能活到那个时候呢。

也许当时没去向黑衣君打听大叔的事情是对的。如果当时问了他，我对大叔的态度可能就会有所改变。

"这个大叔只有二十二年的寿命了,真可怜呐。"

要是这样想的话,我就不能再像现在这样心安理得地和他吵架了。

不知不觉中,我发现自己又变回了猫的样子。

不知不觉中，我发现自己又变回了猫的样子。

YUME WA TORIRU WO KAKEMEGURU
©Keigo Higashino, [2009]
All rights reserved.
Original Japanese edition published by Kobunsha Co., Ltd.
Publishing rights for Simplified Chinese character arranged with Kobunsha Co., Ltd. through KODANSHA LTD., Tokyo and Kodansha Beijing Culture Co., Ltd. Beijing, China.

著作权合同登记号：字 18-2024-189

© 中南博集天卷文化传媒有限公司。本书版权受法律保护。未经权利人许可，任何人不得以任何方式使用本书包括正文、插图、封面、版式等任何部分内容，违者将受到法律制裁。

图书在版编目（CIP）数据

怪奇之梦 /（日）东野圭吾著；谢烈睿译. -- 长沙：
湖南文艺出版社, 2025.4. -- ISBN 978-7-5726-2272-4
Ⅰ.I313.45
中国国家版本馆 CIP 数据核字第 2025S4R516 号

上架建议：畅销·悬疑推理

GUAIQI ZHI MENG
怪奇之梦

著　　者：[日] 东野圭吾
译　　者：谢烈睿
出 版 人：陈新文
责任编辑：张子霏
监　　制：于向勇
策划编辑：布　狄
版权支持：金　哲
特约编辑：刘　盼　岁　钦
营销编辑：黄璐璐　时宇飞　刘　爽
装帧设计：沉清Evechan
版式设计：马睿君
内文排版：谢　彬
出　　版：湖南文艺出版社
　　　　　（长沙市雨花区东二环一段 508 号　邮编：410014）
网　　址：www.hnwy.net
印　　刷：三河市天润建兴印务有限公司
经　　销：新华书店
开　　本：855 mm × 1180 mm　1/32
字　　数：136 千字
印　　张：8.5
版　　次：2025 年 4 月第 1 版
印　　次：2025 年 4 月第 1 次印刷
书　　号：ISBN 978-7-5726-2272-4
定　　价：59.80 元

若有质量问题，请致电质量监督电话：010-59096394
团购电话：010-59320018